U0736111

WENDELIN VAN DRAANEN

怦然心动

精装纪念版

[美] 文德琳·范·德拉安南 —— 著

陈常歌 —— 译

flipped

北京联合出版公司
Beijing United Publishing Co.,Ltd.

“我们为这本奇妙的小说，勇敢的女孩朱莉和它智慧而精妙的结局而心动。”

——《芝加哥论坛报》

“可爱！令人愉悦！！青春期少年专享。”

—— Book Page（著名书评网站）

“一位会令孩子们疯狂喜爱的魅力超群的女主角，两个叙述者之间富有吸引力的互动，一个能引发共鸣的结局，这本小说有着远超于构成它的文字的意义。”

——《出版人周刊》（星级评论）

“一本精彩而轻松的小说。”

——《图书馆对话》杂志

“一项带着嘲讽的性格研究，一场坚实与缥缈的浪漫爱情故事。”

—— Booklist（美国图书馆协会书评网站）

“一出极其令人愉快的浪漫爱情喜剧。”

——《科克斯书评》

谨向克尔顿和康纳献上无限爱意，他们让我感到自己远远超过了我的各部分之和。

尤其要感谢我的丈夫马克·帕森斯，是他让我领略到不可思议的魔力，以及我出色的编辑南希·西斯科，为了她的细心与洞见（以及帮助我坚持节食）。

此外，我还要向泰德·卡拉汉与帕特里夏·加贝尔表达我无尽的谢意，是你们在我最需要的时候给予及时的帮助。

最后，感谢珍妮·马德里以及Casa De Vida（生活之家）的员工——愿你们天天愉快！

目 录 · Contents

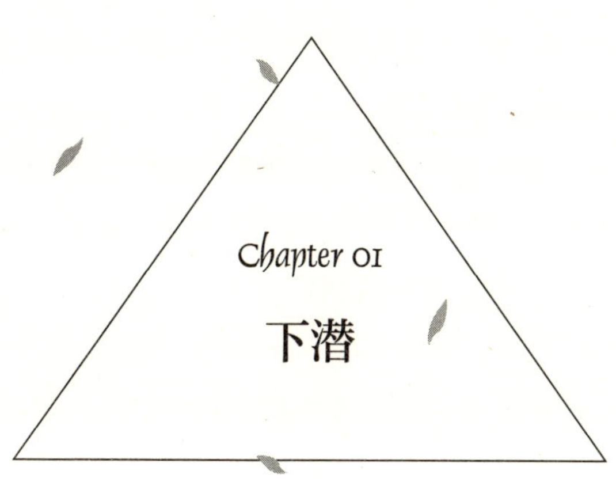

Chapter 01
下潜

我只有一个愿望：让朱莉安娜·贝克别来烦我。快点给我走开！——我只想让她离我远点。

这一切都源于一年级暑假，从我家的卡车停在她家隔壁开始。眼下，我们都快上完八年级了，也就是说，至少五年，我不得不忍受着社交上的不便，对她实行“战略性回避”。

她可不只是闯入了我的生活，而且是千方百计地非要在我的生活里占领一席之地不可。难道是我们邀请她爬进搬家的卡车里，在箱子上爬来爬去的吗？才没有！可她就是不请自来，好像这是她的家，是她朱莉安娜·贝克的特权似的。

爸爸试图阻止她，“嘿！”她在车里跳来跳去的时候，爸爸喊道，“你在干什么？你把烂泥弄得到处都是！”没错，她的鞋上糊满了泥巴。

可她根本没想从车上下来。正相反，她一屁股坐在车厢里，开始用脚推起一个大箱子。“你难道不需要帮忙吗？”她朝我这边瞥了一眼，“我觉得你真的需要别人帮忙呢。”

我一点儿也不喜欢她的暗示。虽然我爸也整天用这种眼神看我，可我敢说，他也不喜欢这丫头。“嘿，别推了，”他提醒道，“箱子里有贵重物品。”

“哦，好吧。那我搬这个吧？”她挪到另一个贴着“LENOX（餐具）”标志的箱子旁边，又看了我一眼，“我们可以一起推！”

“不，不，不用！”爸爸把她抱起来，“你是不是应该回家看看？你妈妈也许正在担心你跑到哪儿去了。”

这是我头一次见识到这姑娘到底有多么不识趣，毫无自知之明。作为一个孩子，当别人礼貌地请她离开的时候，难道不是应该立刻乖乖地回家吗？她才不会。她说：“哦，妈妈知道我在哪儿，她说没关系。”然后她指着街对面说，“我家就住在那儿。”

爸爸看着她所指的方向，念叨着：“唉，上帝啊！”然后他看着我，边眨眼边说，“布莱斯，你是不是该回家给妈妈帮忙了？”

我马上明白过来，这是个甩掉她的小花招。可我从来没跟爸爸排练过这出戏。拜托，怎样甩掉盯梢可不是你平时能和爸妈讨论的话题。想想看，告诉孩子可以甩掉别人，这可是违背了做父母的原则，不管这个人有多讨厌或是身上沾了多少泥巴。

但是爸爸情急之下还是这么做了，而且，他真的不用一直冲我使眼色吧！我笑了，答道：“没错！”然后跳出车门，冲向我们的新家。

我听见她跟了上来，但我不敢相信。也许只是听上去很像她追上来了，也许她只是走向另一个方向。但是，在我鼓足勇气回头之前，她已经赶上来，猛地抓住我的胳膊。

这太过分了。我停下脚步，想告诉她快滚开，这时却发生了最最诡异的事情。我抡起胳膊想摆脱她，可是手臂落下来的时候却变成了挽着她的姿势。我简直不敢相信，我竟然挽了这只“泥猴”的手！

我想甩开她，但她把我的手攥得紧紧的，拉着我说：“来吧！”

我妈妈从屋里走出来，立刻摆出了一副最糟糕的傻笑着的表情：“嗨，你好！”她跟朱莉打招呼。

“你好！”

我还在挣扎着想摆脱她，但她死死地拽着我。看到我们握在一起的手，还有我又红又热的脸，妈妈笑了：“你叫什么名字，亲爱的？”

“朱莉安娜·贝克。我家就住在那儿。”她用那只空着的手指点着。

“哦，我想你已经认识我儿子了。”妈妈还在笑着。

“是的！”

我终于挣脱出来，做了一件七岁男孩唯一能做的充满男子汉气概的事——我躲到了妈妈身后。

妈妈用手臂环着我：“布莱斯，亲爱的，你是不是应该请朱莉安娜参观一下我们的新家？”

我用尽全身的力气向妈妈发出警告，可是她完全没有察觉。她推着我说：“去吧。”

朱莉没有马上被允许进入房间，因为妈妈注意到那双脏鞋并且要求她脱下来。等她脱下鞋子，妈妈又说她的脏袜子也不许穿进屋里。朱莉全然没觉得尴尬，一点儿也不。她只是拽下袜子，随手扔在我家门廊里。

我没有认真地带她参观，而是把自己反锁在厕所里。我冲她叫喊了将近十分钟的“不，我决不出来”之后，客厅里终于安静下来。又过了十分钟，我鼓足勇气从门缝里往外看。

没看到朱莉。

我蹑手蹑脚地走出来，看了一圈，没错，她走了！

这一手不算太高明，但我毕竟才七岁嘛。

不过，我的麻烦还远远没有结束。她一次又一次地来找我，每天都来。“布莱斯能出来玩吗？”我藏在沙发背后，听见她这样问道，“他准备好了吗？”有一次她甚至穿过院子从窗户往里看。我恰好观察到她的动向，马上潜伏到床底下。不过朋友，我得告诉你一些关于朱莉安娜·贝克的事。她完全不知道“私人空间”为何物，不尊重别人的隐私。全世界都是朱莉的地盘，当心——她只会越来越过分！

幸运的是，我爸爸希望保护我。他徒劳地试了一次又一次，他告诉朱莉说我很忙，说我在睡觉，或者说我不在家。他真是我的大救星。

作为对立面，我的姐姐却逮住一切机会陷害我。利奈特就喜欢这样。她比我大四岁，从她身上我学会了不去和命运抗争。她是个浑身上下写满了“抗议”两个字的家伙。只要谁看了她一眼——不用斜着眼睛，或是吐着舌头看——仅仅是看她一眼，就能让她跟你吵起来。

跟她在一起，我一向采取消极抵抗的态度，但是这也没有用。女孩子从来不搞公平竞争。她们拽你的头发、抠你、掐你，明明是你挨了打，她们却率先跑到妈妈面前告状。然后你被关了禁闭，凭什么？不，我的朋友，诀窍在于千万不能上当，不要跟她们正面交锋。你得不慌不忙地四处迂回，对她们的挑衅一笑置之。过不了多久她们就会放弃了，把注意力转移到别人身上。

起码这套伎俩在利奈特面前行得通。有这么一个让你如芒在背的姐姐，唯一的好处就是，在她身上试验成功的方法，多半对于别人也适用，比如老师、学校里的怪胎，甚至是爸爸妈妈。真的。你永远吵不赢父母，为什么不能学着放松点呢？与其时不时地被父母修理一通，不如下潜到自己的世界里，别在他们眼前出现。

好笑的是，利奈特在对待父母的态度上依然很幼稚。她总是直接进入战斗状态，把精力全放在争执上，却来不及深吸一口气，潜入冷静的水中。

而她还认为我是个傻瓜。

不管怎么说，和往常一样，起初利奈特想用朱莉引我上钩。有一次她甚至背着爸爸带朱莉进入我家，到处搜捕我。我蜷成一团躲在壁柜最上面一层，幸好她们谁也没想起往上看一眼。没过几分钟，我就听见爸爸大喊着让朱莉离那些古董家具远一点儿，她又一次被赶走了。

头一个星期，我记得自己根本没出过家门。我帮忙拆箱，看电视，在爸爸妈妈摆放家具、争论着帝国风格的靠背椅和法式洛可可餐桌是否能放在一个房间里的时候四处闲逛。

所以，请相信，我那时候疯了似的想出去。但每次把目光投向窗户，我都看到朱莉出现在她家院子里。她要么在练习头球，要么是在高抬腿跑，或是在车道上盘球。假如她没有在那里卖弄，就是坐在路边，把足球夹在两脚中间，望着我们家的房子。

妈妈完全不理解为什么被“那个可爱的小姑娘”拉了手，是件糟透了的事。她认为我应该跟朱莉交朋友。“我以为你也喜欢足球呢，亲爱的。为什么不出去在附近踢一会儿呢？”

因为我可不想被人当球踢。在七岁半这个年纪，我也许嘴上说不出来，却已经本能地意识到，朱莉安娜·贝克是个危险的家伙。

而且她一旦出现，就是个躲不掉的危险。当我走进叶尔逊夫人的二年级教室，我就开始任人宰割了。“布莱斯！”朱莉尖叫着，“你也在这儿。”接着，她冲过整间教室按住了我。

叶尔逊夫人想把这次袭击解释成“用拥抱欢迎你”，可是，那根本不是什么拥抱，明明是个真刀真枪、硬碰硬的抢断动作。虽然我把她挣开，但已经晚了，我就此打上了一生的烙印。人人都嘲笑我，“布莱斯，你的女朋友呢？”“你结婚了吗，布莱斯？”课间休息，当她追着我试图亲吻我的时候，全校学生都唱起了啦啦歌，“布莱斯和朱莉坐在树梢上，K-I-S-S-I-N-G（kissing，接吻）……”。

我搬到这里的第一年，简直是一场灾难。

三年级也好不到哪儿去，她坚持到处堵着我。四年级也是一样。到了五年级，我终于决定反击。

这个主意来得并不突然——有些想法，你明知道它不对，却总是盘旋在你的脑海里。不过，它出现的次数越多，我就越觉得，要想摆脱朱莉、明确地告诉她“你不是我喜欢的类型”，没有更好的办法了。

于是，我策划了一个方案。

我和雪莉·斯道尔斯约会了。

要知道，朱莉和雪莉有不共戴天之仇，所以你明白这个办法有多聪明了吧？朱莉一直看雪莉不爽，我始终想不通这是为什么。雪莉是个好姑娘，待人亲切，头发又长又密。她有什么缺点呢？但朱莉就是不喜欢她，而我要用这件事解决我的问题。

我本来指望雪莉只需要跟我一起吃个午饭，也许还可以散散步。顺利的话，只要朱莉出现，我要做的只不过是和雪莉表现得更亲近一点儿，剩下的事情就会顺其自然地发生。可惜，现实毕竟是现实，雪莉太认真了。她跑去告诉每一个人——包括朱莉在内——说我们在恋爱。

结果，朱莉和雪莉立刻上演了一场女孩子之间的火并。一架打完，雪莉还在喘息的时候，我所谓的挚友加利特——这个主意的幕后策划者——却把实情跟她交了底。他从来不肯承认，可我从此明白了他就是个重色轻友的家伙。

那天下午，我受到了双重考验，可我没那么容易被击败。我不断地向她道歉，说自己根本不知道事情会闹成这样。最后，她终于放过我了。

雪莉哭了好几天，在学校里追着我，搞得我像个真正的怪胎，比身后有朱莉盯梢还要糟糕。

整出闹剧在一个星期后渐渐烟消云散，雪莉正式宣布抛弃我，开始和凯尔·拉森出双入对。朱莉又朝我抛来了媚眼，而我又回到了原点。

进入六年级，状况又变本加厉了，这很难用语言描述。我记得六年级时朱莉并没有再追着我，而是变成嗅我。

没错，我说的就是嗅我。

一切都得归罪于我的老师——马丁斯先生。是他促使朱莉黏上我的。马丁斯先生对于安排座位很有些心得，他翻来覆去地研究我们应该各自坐在哪里，然后顺理成章地把朱莉安排在我的邻座。

朱莉安娜·贝克是那种一心要展示自己聪明才智的人，因此特别惹人讨厌。她总是第一个举手；她回答起问题总是长篇大论；她的作业永远交得最早，永远被老师拿来打击其他人。老师们经常举着她的作业说："同学们，这才是我想要的。这是篇A+的模板。"她做了这么多，生怕自己还不完美，我敢说她门门功课都没有低过120分。

但是，自从马丁斯先生安排朱莉坐在我旁边，她的各项知识就变得有用了。忽然间，朱莉把课堂提问的完美答案，都写成一张字迹潦草的小字条，转瞬之间经由过道转移到我手里。这件事我们不知道干过多少次。我开始门门功课不是得A就是得B了！这太棒了！

不过，马丁斯先生又开始换座位了。他的"优化定位学"又有了新的理论。当一切尘埃落定，我被安排坐在朱莉安娜·贝克的前座。

她就是从这时开始嗅我的。这个疯姑娘向前靠过来，闻我的头发。她把鼻子架在我的头皮上，就那么嗅——嗅——嗅。

我试过用手肘撞她，回身踢她；我试过把椅子往前拽，把书包夹在后背和座位之间，不管用。她还是会凑上来，或者离得稍微远一点儿，然后嗅——嗅——嗅。

终于，我忍不住去找马丁斯先生换座位，但他说什么也不肯。理由似乎是"不希望打破教育能量的微妙平衡"之类的话。

不管怎么说，我被她闻定了。并且，由于再也看不到她完美的小抄，我的成绩急转直下，尤其是拼写课。

有一次听写的时候，她正在闻我的头发，忽然发现我拼错了一个词。不止一个，是很多词。忽然，她不再闻我，而是跟我说起悄悄话。起初我不敢相信自己的耳朵。朱莉安娜·贝克作弊？没错，她真的帮我拼出了那些词，就在我耳边。

朱莉嗅我的时候确实很隐蔽，从来没被人发现过，这让我非常困扰。不过她帮我作弊的时候也同样隐蔽，关于这一点我倒是很满意。不过它的坏处在于，我开始依赖她在我耳边的提示。说实话，如果你不用学习就能拿到好成绩，干吗还要努力呢？不过，她帮了我那么多次，我总有种受惠于她的内疚感。当我还欠着人情的时候，怎么能把对方赶走或是让她别再嗅我呢？你想想就知道，这是不对的。

于是，在别扭与难受当中，我度过了整个六年级。我总是忍不住想，明年，只要到了明年，事情就有转机了。

明年我们将升入初中——那是个大学校——我们会进入不同班级。那是个全新的世界，有太多的人和事等着我去探索，再也不用担心遇到朱莉安娜·贝克。

我们之间终于要画上句号了。

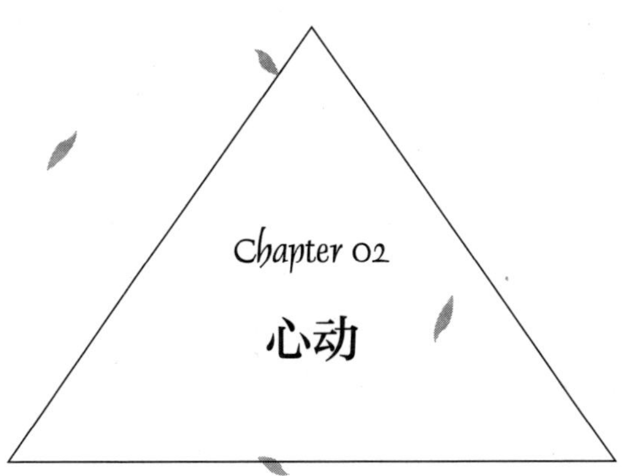

Chapter 02 心动

遇见布莱斯·罗斯基的第一天，我就对他怦然心动。呃，好吧，实际上我对他完全是一见钟情。是因为他的眼睛。他的眼神里有某种东西。他有一双蓝色的眼睛，在黑色睫毛下一闪一闪的，让我忍不住屏住了呼吸。

六年了，我早就学会隐藏自己的感觉了。不过想想最初的日子，还是让人哭笑不得。最初的那几年，我想我大概是太执着地想跟他在一起了。

事情源于二年级开学的前两天，虽然几周之前就有了先兆——妈妈告诉我，有一家人要搬到对街的新房子，带着一个跟我同龄的男孩。

足球夏令营已经结束了，街坊邻居没有一个人陪我玩，真是无聊死了。附近也有几个孩子，可他们全都是大孩子。对我哥哥们来说当然不错，可我却只能一个人孤零零地留在家里。

妈妈也在家，不过她有的是比踢球更重要的事情要做。反正她是这么说的。对于当年的我来说，没有什么比踢球更好的了，尤其是跟洗衣服、刷盘子、拖地板比起来。但我妈妈不同意。单独跟妈妈待在家里就有这个危险，她会抓住我帮她洗衣服、刷盘子、拖地板。而且她绝对不能容忍我在做家务的间隙踢两脚球。

为保险起见，我在屋子外边晃荡了几个星期，生怕邻居来早了。真的，足有几个星期。为了自娱自乐，我开始跟我的狗“冠军”踢球。大多数时间它只能把球扑住，毕竟狗不是真的会“踢”球。但它有时会用鼻子去捅。不过，球的气味对狗来说一定是难以抵挡的诱惑，因为到最后“冠军”总会试图把它吃下去，然后输球给我。

当罗斯基家的卡车终于到来的那一天，我家里的每个人都欢欣鼓舞。“小朱莉安娜”终于有个玩伴了。

作为一个极度敏感体贴的成年人，妈妈硬是让我在家里待了足足一个小时才出门见邻居。“给他们留点时间伸个懒腰，朱莉安娜，”她说，“他们需要一些时间休整。”她甚至不允许我从院子里往外看，“我很了解你，宝贝。没准儿最后你的球不知怎么就掉到人家的院子里，而你不得不过去捡回来。”

所以，我只好趴在窗户旁边，隔几分钟就问：“现在能去了吗？”她每次都回答：“再给他们一点儿时间，好吗？”

这时电话响了。当我能肯定她正心情愉悦并且全神贯注在电话上时，我就拽着她的袖子问：“现在好了吗？”

她点点头，轻声说：“好吧，但是放松一点儿！我马上就过去。”

我太兴奋了，忍不住横穿了马路，但我努力在接近卡车的时候保持了礼貌。我站在车外朝里望去，破纪录地保持这个姿势挺长时间，但是这太有难度了，因为差不多等到一半的时候，我看到了他！我坚信即将成为我新的最佳死党的人——布莱斯·罗斯基!

其实布莱斯并没有做什么。他只是在那边晃荡着，看他爸爸把箱子搬到汽车尾板上。记得当时我真的很同情罗斯基先生，因为他看上去疲惫不堪，全靠他一个人在那里搬。我还记得他和布莱斯穿着相同款式的蓝绿色Polo衫（一种休闲服装），非常可爱。真是太好看了。

我不好意思再呆呆地站在那儿，于是朝车里喊道："你们好！"布莱斯惊得跳了起来，然后像只蟋蟀似的迅速开始推起一只箱子，假装他一直在工作。

布莱斯的内疚感让我猜到，他本来应该乖乖地帮忙搬箱子，但他却烦透了这活儿。没准儿他已经干了好几天了！很明显，他需要休息。他需要喝点什么，比如果汁！同样很明显，罗斯基先生不可能放他走。他可能准备干到自己累倒为止，那时候布莱斯估计已经累死了——他大概都没机会走进新家!

眼前的这一幕惨剧推动我走进了卡车。我必须去帮忙！我必须救他!

我走到他身边，准备帮他一起推箱子，这个可怜的孩子实在太累了，他只是让出位置，把活儿交给了我。罗斯基先生不想让我帮忙，但我至少救出了布莱斯。我在卡车里最多只待了三分钟，他就被他爸爸发配去屋子里帮妈妈整理行李。

我追着他上了人行道，从这一刻起，一切都变了。这么说吧，我追上他，抓住他的胳膊，只想在他被困在屋里之前截住他，跟我玩一会儿。然后突然之间，他牵起我的手，直直地看着我的眼睛。

毫无原因地，我心脏就那么漏跳了一拍。我的人生中第一次有了那样的感觉。就像整个世界在你四周，从你身体中由内而外地翻滚，而你飘浮在半空中。唯一能绑住你不会飘走的，就是那双眼睛。

当你们两个人的眼睛被一种看不见的力量连接在一起，在外面的世界旋转、翻腾并彻底分崩离析的时候，一把抓住了你。

那天，我差一点儿就得到了我的初吻。我十分肯定。但是紧接着他妈妈就从屋子里走出来，他尴尬得脸都红透了，接下来他就躲进了洗手间。

我在门厅里等他出来，这时他的姐姐利奈特发现了我。她看上去比我大，更成熟一些。她问我怎么回事，我就简单地说了一点儿。不过，我不该告诉她的，因为她摇晃着洗手间的门把手，疯狂地嘲笑起布莱斯。“嘿，小弟弟！”她朝门的那一边大声喊着，“外面有个漂亮小姑娘在等你！你怎么不敢出来？怕她身上有虱子吗？”

这太尴尬了！我拽着她的胳膊想让她停下来，但她不肯，最后我只好走开了。

我看见妈妈正在门口和罗斯基太太说话。妈妈送给她一个漂亮的烘烤柠檬蛋糕，那恐怕应该是我家今晚的甜点。上面的糖霜看起来又白又软，蛋糕还热着，散发着甜甜的柠檬香气。

看到它我的口水就流出来了！但它现在属于罗斯基太太，再也回不来了。我只能在她们讨论杂货店和天气预报的时候狠狠地吞咽着空气中的香味。

然后我就和妈妈回家了。这太奇怪了。我根本没能和布莱斯一起玩。我只记得他那双闪闪发亮的蓝眼睛，他有个不靠谱的姐姐，以及他差点亲了我。

晚上，我想着那个本该发生的初吻睡着了。被人亲吻到底是什么感觉？不知怎的，我知道它一定和爸爸妈妈的晚安吻不一样。毫无疑问，虽然它们看起来差不多，却有本质上的不同。就像狼和狗——只有科学家才会认为它们同属一个科目。

回首二年级，我总是希望自己至少有一部分是出于对科学的好奇，才如此执着于我的初吻。但诚实地说，恐怕更重要的原因是那双蓝眼睛。从那一刻起，直到三年级结束，我无法自拔地追随着他，坐在他旁边，希望自己至少能离他近一点儿。

到了四年级，我学会控制自己。看到他——想到他——仍然让我的心怦怦直跳，但我已经不再真的追着他跑。我只是在那里望着，想着，盼望着。

五年级的时候，忽然冒出了一个雪莉·斯道尔斯。她是个傻瓜，一个爱发牢骚、爱传八卦、爱背后中伤别人的家伙。她总是把一件事对一个人说成是黑的，对另一个人说成是白的。现在我们都升上了初中，她是个无可争议的演技派天后，就算回到小学时代，她也知道该怎么装样子。尤其是体育课上，我既没见过她跑圈也没见过她做操。相反，她会奉上一出"完美"的表演，声明她的身体在跑步、跳高和伸展运动的折磨下，一定会晕倒。

这很管用，每年都很管用。她带来医生的证明，并在学年开始的那几天小小地晕倒几次，然后逃过一年当中任何需要力量的事情。甚至放学的时候都不搬自己的椅子。唯一经常得到锻炼的肌肉是她的嘴唇，而且动起来几乎一刻不停。假如奥运会增加一个比赛说话的项目，雪莉·斯道尔斯一定能横扫一切奖项。好吧，至少是金牌和银牌——上下嘴唇各得一项。

其实，我烦恼的倒不是她不用上体育课这件事——说实话，又有谁愿意跟雪莉分在一组呢？我烦恼的是，只要谁有心，就一定能看出妨碍她上课的根本不是哮喘、脚踝有伤或是她表现出的那种“娇弱”，而是她的头发。她有那么多头发，一会儿卷成这样，一会儿卷成那样；一会儿剪短，一会儿缀上珠花；一会儿编辫子，一会儿盘成发髻。她的马尾辫就跟旋转木马的尾巴差不多。那段时间她总是披散着头发，把它们当成毯子似的把自己的脑袋裹在里面，所以别人只能看到她的鼻子。

在脑袋上裹着一床毯子玩抛球游戏？还是算了吧。

我对待雪莉·斯道尔斯的方式是无视她，这一直都很奏效，直到五年级的时候我看到她握着布莱斯的手。

那是我的布莱斯，是那个始终为了二年级开学前两天握了我的手而害羞的家伙。是那个因为太害羞，除了“你好”以外不敢跟我多说一句话的家伙。

是那个一直还欠我一个初吻的家伙。

雪莉怎么敢把她的手塞进他的手心里？这个爱出风头的娇气小公主根本没理由和他混在一起！

当他们经过的时候，布莱斯时不时小心翼翼地回头看，他看的是我。我首先想到的是，他是在向我表示抱歉。然后我忽然领悟了——他是想让我帮忙。没错，只能是这个意思！

雪莉·斯道尔斯太娇弱了，让布莱斯不好意思甩掉她，而且她太缠人了，让他挣脱不掉。她一定会心碎的，然后开始抽搐，这对布莱斯来说得有多尴尬！这件事男生做起来姿态绝对不好看。

只能由女生来代为完成。

我根本没有考虑过是否还有其他人选——两秒钟之内我就把她从他身边拽开了。一挣开，布莱斯立刻跑掉了，但是雪莉没跑。哦，不——不——不！她冲我过来了，对着她能够到的地方又抓又扯又拧，说布莱斯是属于她的，她决不放手。

真是太娇弱了。

我满心希望这时候冒出一大群老师，看看真实生活中的雪莉·斯道尔斯到底是什么样子，可惜等人们来到这里已经太晚了。我蓬头垢面地被她夹住脑袋，而她的双手被我反剪到背后，不管她怎样尖叫、抓人，都不可能让我在老师到达之前放开她。

最后，雪莉带着一头乱发提前回家了，而我则留下跟校长复述情况。舒尔茨夫人是个健硕的女人，也许私下里会欣赏一记正确的飞踢，但是她告诉我最好还是让别人去解决他们自己的困境，她完全明白雪莉·斯道尔斯和她的头发是怎么回事，还说她很高兴看到我能够控制住自己，没有做出除了制止她以外更离谱的事。

第二天，雪莉带着满头的辫子回来了。当然，她成功地让所有人都在私下议论我，但我根本不理他们。事实是不言自明的。在这个学年剩下的时间里，布莱斯从来不走近她。

这倒不是说布莱斯从此跟我走在一起了，但他开始变得友善一些。尤其是六年级马丁斯先生把我们安排在倒数第三排成了邻桌之后。

坐在布莱斯旁边感觉很好。他会每天早上对我说“朱莉，你好”，偶尔我会发现他在看我。他总会脸红，转回去做他的事，然后我就不由自主地笑了。他太害羞了，而且那么可爱！

我们聊天的机会也更多了。尤其是马丁斯先生安排我坐在他后面以后。马丁斯先生会让拼写不合格的人留堂，比如，25个词里写错7个的人午饭时分必须跟着他，一遍又一遍地抄写自己的名字。

留堂的阴影把布莱斯变成了惊弓之鸟。虽然良心上有点过意不去，但我还是会靠向他悄悄说出答案，希望自己也许有机会和他一起吃午饭。他的头发闻起来有股西瓜味，耳垂上长着绒毛，柔软的金色绒毛。我十分好奇，为什么一个长着黑头发的男孩耳朵上的绒毛却是金色的？它们为什么会长在那里？我在镜子里研究自己的耳垂，但上面什么也没有，我注意到没有一个人像他那样。

我想过在马丁斯先生跟我们讨论科学史的时候，提出耳垂绒毛的问题，但我没问过。相反，整整一年时间我都趴在他耳边拼着单词，闻着西瓜味道，想着自己是不是和初吻无缘了。

Chapter 03

哥们儿，小心点！

好吧，七年级是充满变化的一年，但是最大的变化并非发生在学校，而是在家里。邓肯外公搬来和我们一起住了。

最开始的时候是有点奇怪，因为我们中间没有谁真正认识他。当然，除了妈妈。虽然她用了一年半的时间告诉我们他是个多么伟大的人，但在我看来，他最喜欢做的事就是从临街的窗户朝外望。除了贝克家的前院，那里没什么好看的，但他不管白天黑夜都待在那儿，坐在和他一起搬进家门的大号安乐椅上，望着窗外。

好吧，他也读汤姆·克兰西的惊悚小说、看报纸、做填字游戏、看看股票行情，但这些不过是对他看街景这件事的插话。没人提出反对意见，这人总是看着窗外直到睡着为止。虽然也说不上有什么不对，但这样真的……挺无聊的。

妈妈说，他眺望窗外是因为想念外婆，但外公是不会和我讨论这件事的。实际上，他从来不跟我讨论什么事，直到几个月前，他在报纸上看到了朱莉。

不像你想的那样，朱莉安娜·贝克并不是作为八年级的未来的爱因斯坦登上了《梅菲尔德时报》头版。不，伙计，她能登上头版是因为她不愿意从一棵无花果树上下来。

虽然我分不清无花果树、枫树和桦树，但朱莉显然知道那是什么树，并且守在那里把这个常识分享给她遇见的每一个人。

所以，这棵树，这棵无花果树，长在山坡上克里尔街的一片空地上，很大很大，而且又大又丑。它的树干扭曲，长满节疤，弯弯曲曲，我总觉得一阵风就能把它吹倒。

去年的某一天，我终于听够了她关于这棵蠢树的唠叨。我径直走到她面前，告诉她那棵无花果树一点儿也不美，实际上，那是有史以来最难看的一棵树。你猜她怎么回答？她说我的眼睛大概有毛病。眼睛有毛病！这就是那个邻里环境破坏之王家的姑娘说出来的话。她家的灌木长得比窗户还高，到处杂草丛生，谷仓前面的空场快变成野生动物园了。我是说，她家有狗、猫、鸡，甚至养了几条蛇。我敢对天发誓，她哥哥在卧室里养了条大蟒蛇。十岁那年，他们把我拽进屋子，强迫我看着那条大蟒蛇吞下一只耗子。一只活蹦乱跳、眼睛滴溜溜转的耗子。他们提着那只啮齿动物的尾巴，大蟒一下子就整只吞下去了。这条蛇让我做了一个月的噩梦。

不管怎么说，我平时很少关心别人家的院子，但贝克家一团混乱的院子是我爸爸最大的心病，而他则把这种挫折的情绪倾泻在我家院子里。他说，我们有义务让邻居看看一个正常的院子该有的模样。

所以，当麦克和马特忙于投喂蟒蛇的时候，我只好忙着给院子除草、修剪草坪，打扫车道和水沟，而且依我看，我好像真干得越来越投入了。

如果你以为朱莉的爸爸——一位又高又壮的砖瓦工——会打理院子，那就错了。据我妈妈透露，他把全部业余时间都用来画画了。他的风景画对我来说没什么特别的，但是从价签上看，他很看重这些画。每年梅菲尔德县交易会上都能看到它们，我爸妈从来只说一句话："如果他肯把花在画画上的时间拿来打理院子，世界会变得更美好。"

我妈妈和朱莉的妈妈有时聊天。我猜想妈妈比较同情贝克夫人——她说她嫁了一个梦想家，所以，他们俩当中总有一个人过得不快乐。

那又怎样。也许朱莉对美的敏感正是遗传自她爸爸，并不是她的错。但朱莉总觉得那棵无花果树是上帝送给我们宇宙中这个小小角落的一份礼物。

三年级和四年级的时候，她经常和哥哥们一起坐在树杈上，或者剥下大块的树皮以便沿着树干滑到杈弯。无论什么时候妈妈开车带我们出门去，总能看见他们在那里玩。我们等红灯的时候，朱莉就在树杈间荡来荡去，总是快要摔下来跌断每一根骨头的样子，于是妈妈就会摇着头说："你永远也不许像这个样子爬树，听见没有，布莱斯？我永远也不想看到你这样！你也是，利奈特。实在太危险了！"

姐姐一般会翻个白眼，说"废话"。而我则把头躲到车窗下面，祈祷在朱莉还没把我的名字喊得震天响之前赶紧变灯。

我确实试着爬过那棵树，只有一次，在五年级。在那之前一天，朱莉帮我把风筝从树上那些会"吃玩具的叶子"里取了下来。为了取我的风筝，她爬到特别高的地方，下来之后一脸淡定。她没有扣下风筝作为“人质”，也没像我担心的那样噘起嘴巴不理我。她只是把风筝递给我，然后转身走了。

我松了口气，同时觉得自己太逊了。当时我看到风筝挂住的位置，马上认定它已经回不来了。但朱莉不这么想。她二话不说就爬上树帮我拿下来。嘿，这真让人尴尬。

我默默地计算了一下她到底爬了多高，然后第二天计划至少爬到比她高出两根树枝的位置。我攀上了第一个大的杈弯，向上爬了两三根枝杈，然后——只是想看看自己进展如何——我向下看去。

大——错——特——错！我仿佛站在帝国大厦的顶层，没系安全带。我试着抬头寻找昨天风筝挂住的位置，但是根本看不见。我是个不折不扣的爬树白痴。

上了初中，我以为朱莉会从此消失的梦想也破灭了。我需要坐校车，而那个名字也不能提的人也是。我们这一站大概有八个学生一起等车，总是吵吵嚷嚷的，算是缓冲地带，但绝不是安全地带。

朱莉总想站在我身边，跟我说话，或者用别的什么方法来折磨我。

最后她选择了爬树。一个七年级的女孩，开始爬树——爬得高高的。为什么？因为这样她就能居高临下地冲我们喊：校车离这儿还有五……四……三条街！一个挂在树上的流水账式的交通岗哨！每个初中同学每天早上听到的第一句话就是她说的。

她想叫我爬上去跟她待在一起：“布莱斯，上来呀！你绝对无法想象这儿的景色有多美！太神奇了！布莱斯，你一定要上来看看！”

是啊，我都能想象出来：“布莱斯和朱莉坐在树上……”二年级的往事，难道还阴魂不散吗？

一天早晨，我刻意地没有向树上看去，她忽然从树杈上跳下来，生生地撞到了我。害得我心脏病都要犯了！

我的背包掉在地上，还扭到了脖子，都赖她。我再也不愿意跟这只从精神病院跑出来的发疯的猴子一起在树下等车了。从此以后，我总是拖到最后一分钟才从家里出来。我设置了属于自己的校车站，看到校车快到了，就冲到山坡上去登车。

没有朱莉，就没有麻烦。

这种状况贯穿了七年级和八年级的大多数时间，一直延续到几个月前的一天。那天，我听到山坡上一阵骚动，几辆卡车停在克里尔街平时的校车站。一些人仰着头冲朱莉喊着什么，而她当然是在五层楼高的树顶上。

孩子们也慢慢朝树下聚拢过来，我听见他们说她必须从树上下来。她很好——对于任何一个耳朵没有问题的人来说都听得出来——但我不明白他们在吵什么。

我冲上山坡，当我离得近一点儿、看清那些人手里拿的是什么，我立刻明白了为什么朱莉拒绝从树上下来。

那是一台链锯。

千万别误解。这棵树长满了多瘤的树脂，纠结成难看的一团。和那些人吵架的人是朱莉——全世界最麻烦、最霸道、永远全知全能的女人。但是一瞬间我的胃就抽搐起来。朱莉爱这棵树，虽然听起来很蠢，可她就是爱这棵树，砍树就等于在她的心里砍上一刀。

每个人都劝她下来，包括我在内。但她说绝不下树，永远也不，然后她试图说服我们。“布莱斯，求你了！上来跟我一起。如果我们在这儿，他们就不敢砍树了！”

我思考了一秒钟。但这时校车来了，我告诉自己不要卷进去，这不是我的树，同样这也不是朱莉的树，虽然她表现得好像是她的。

我们登上校车，把她一个人留在那里，但这些都没有用。我忍不住一直在想朱莉，她还在树顶上吗？他们会不会把她抓起来？

放学后，当校车把我们送回来的时候，朱莉已经不见了，一起消失的还有上半棵树。顶部的树枝，我的风筝曾经卡住的地方，她最最心爱的栖身之地——统统消失了。

我们在那儿看了一会儿，看链锯如何开足马力，冒着浓烟，就像在把木头嚼一嚼吞下去似的。大树看起来摇摇欲坠，毫无还手之力，没过多久，我就非得离开那里不可。这活像是在观察一个分尸现场，有生以来，我第一次有种想要尖叫的感觉。为了一棵愚蠢的、我痛恨已久的树而尖叫。

回到家里，我试着忘掉这一切，但总是不由自主地想到，我是不是应该爬到树上，和她在一起？那样会有用吗？

我想给朱莉打个电话，说我很抱歉他们还是把树砍掉了，但始终没有打。我不知道这是不是会显得，呃，很奇怪。

第二天早上，她没有出现在校车站，下午也没有坐校车回家。

那天晚上，吃饭之前，外公把我召唤到前厅。他并没有在我经过那里的时候叫住我——那样就显得我们已经是朋友了。他只是告诉了我妈妈，然后妈妈再转告给我。“我不知道他想干什么，亲爱的，”她说，“也许他准备更进一步地了解你。”

很好。他已经认识我超过一年半了，却选择眼下这个时候来了解我。可我又不敢放他鸽子。

我的外公是个高大的人，他长着一只肉乎乎的鼻子，灰白的头发向后梳成背头。他常年穿着室内拖鞋和运动衫，我从来没见他留过胡须。胡子确实在长，但他几乎一天要刮三遍。对他来说，这是一种休闲娱乐活动。

除了一只肉肉的鼻子，他的手也又大又厚。我想人们大概不会太在意别人的手，但那枚结婚戒指会让你意识到他的手有多结实。它从来没有被摘下来过，虽然妈妈说婚戒本来就不该摘下来，但我想恐怕只有切断它才能从他手上拿下来。如果外公再胖上几磅，戒指就会勒断他的手指。

当我见到他的时候，那双手握在一起，盖在他膝盖头的报纸上。我说：“外公，你找我？”

“坐下，我的孩子。”

孩子？大部分时间他根本就像不认识我一样，而现在我却忽然变成了他的“孩子”？我在对面的椅子上坐下，等着他说话。

“跟我说说你的朋友朱莉安娜·贝克吧。”

“朱莉？她不算是我的朋友……”

“为什么？”他冷静地问，好像早就知道我会这么说。

我开始辩解，然后停下来：“你为什么要问这个？”

他翻开报纸，抚平上面的折痕，我这才发现，朱莉安娜·贝克上了今天《梅菲尔德时报》的头版。

那是一张她在树上的大照片，周围是一整支消防队，还有警察，旁边配了几张小图片，我看不清楚。“能让我看看吗？”我说。

他把报纸叠起来，但没有递给我：“她为什么不是你的朋友，布莱斯？”

“因为她……”我猛摇头，试着向他解释，“你认识了朱莉自然会明白。”

“我很想认识她。”

“啊？为什么？”

“因为这姑娘很有骨气。你为什么不找个时间请她来家里玩呢？”

“有骨气？外公，你不明白！她是我遇到过的最大的麻烦。她是个活宝、百事通，还固执得不可救药！”

“真的吗？”

“没错！千真万确！而且她从二年级就开始跟踪我！”

他皱起眉头，然后望向窗外：“他们在那儿住了这么久？”

“我觉得他们简直在隔壁住了一辈子了！”

他眉头上的皱纹又加深了，目光回到我的身上：“你知道吗，不是每个人的隔壁都住着一个这样的女孩。”

“那他们真是太走运了！”

他长时间地、深深地审视着我。我问他：“怎么了？”但他没有退缩，而是继续盯着我看，而我退缩了——把目光转向一边。

别忘了，这是我和外公之间的第一次对话。这是他第一次想要跟我说点除了“把盐递过来”以外的话题。而他是想了解我吗？不！他只想了解朱莉！

我真恨不得马上跳起来逃跑，但还是按捺住了。不知怎的，我知道如果我真的离开这里，那他就再也不会跟我说话了，连递盐这种话也不会再说。我坐在那儿，像受刑一样。他生气了吗？他凭什么对我生气？我根本什么也没做错！

当我抬起头的时候，他坐在那里把报纸递了过来。“看看这个，”他说，“不要有偏见。”

我接过报纸，而他又开始眺望窗外，我知道——我被丢在一边了。

回到自己的房间里，我气坏了。我关上卧室的门，把自己摔到床上，对外公生了一会儿气之后，把报纸塞进了书桌最下面的抽屉。谁愿意再多了解朱莉安娜·贝克的事啊！

吃晚饭的时候，妈妈问我为什么拉着一张脸，还不停地把目光停留在我和外公身上。看来外公不需要我递盐给他，幸好如此，否则我很可能会把盐瓶扔给他。

不过，姐姐和爸爸都和平时一样。利奈特从她的胡萝卜沙拉里挑出两个葡萄干吃了，然后把鸡翅剥掉皮、切成几段、细细地从骨头上啃下软骨；爸爸则占领了大家的耳朵，谈论着办公室政治和高管换血的需要。

没人在听——每次他说起这些“假如我是老大”的白日梦，都没人认真在听——但是这一次，甚至连妈妈都没有假装在听。

而且今天她也没有试着说服利奈特多吃点。她只是一直看着我和外公，想找出我们彼此怒目相向的原因。

他没什么理由可生我的气。我到底怎么惹着他了？没有，我什么都没做。但他确实生气了，我能看得出来。而我则彻底不去看他，直到晚饭吃到一半的时候，我才偷偷地向他瞥了一眼。

好吧，他在端详着我。他的目光即使不算是恶狠狠的、冷酷的，也至少是严格的、坚定的，让我觉得如坐针毡。

他到底想干吗？

我不再看他，也不看妈妈，继续专心吃饭，假装听爸爸聊天。一有机会，我就找了个借口回到自己的房间。

我打算像平时一样，在心烦意乱的时候给我的朋友加利特打个电话。号码拨出去了，我却不知道该说些什么，只好又挂了电话。当妈妈进屋的时候，我假装自己已经睡着了。这是好几年都没有发生过的事了。整个晚上，我都被这种奇怪的情绪包围着，只想一个人待着。

第二天，朱莉没有出现在校车站，星期五的早晨也是。她去学校了，但如果没有亲眼见到她，你根本感受不到她的存在。她没有挥着手要求老师叫她回答问题，也没有冲过走廊奔去上课。她没有在老师讲课的时候抢着接下茬，也没有制止不按顺序排队的孩子。她只是坐在那儿，安安静静地坐着。

我想说服自己，说她现在这样很好——就像她根本不存在一样，这不是我长期以来的希望吗？但是，我仍然高兴不起来。因为她的树，因为她在图书馆里一个人狼吞虎咽地吃午餐，因为她哭红的眼眶。我想跟她说："嗨，我真为你的无花果树感到难过。"但始终没有说出口。

接下来的一个星期，他们又花了几天的时间运走那棵树。工人们清理了土地，还试图挖出树根，但它顽固地不肯动地方，所以人们转而锯掉树桩，让剩余的部分隐没在土里。

朱莉仍然没有出现在校车站，周末的时候，我听加利特说她骑了一辆自行车。他说上个星期有两次看到她在路边骑着一辆生锈的老旧十挡变速车，链条拖在变速器上。

我猜她会回来的。去梅菲尔德中学的路很长，等她把树的事忘在脑后，就会重新回到校车上。我甚至发现自己会不由自主地搜索她的身影。不是有意去找，只是希望能看到她。

一个雨天，我以为她肯定会来等校车，但她没有。加利特说看到她穿着一件鲜黄色的雨衣踩着自行车，数学课上我发现她的裤子从膝盖以下全湿透了。

下课以后，我跟在她后面，想说服她重新乘坐校车，但是在最后一刻，我还是放弃了。我到底在想什么？朱莉根本不会在意一句友善的关怀，并且完全可能误解我的意思。嘿，伙计，你要注意了！最好还是离她远点吧。

不管怎么说，我最不希望看到的事情，就是让朱莉安娜·贝克以为我在想她。

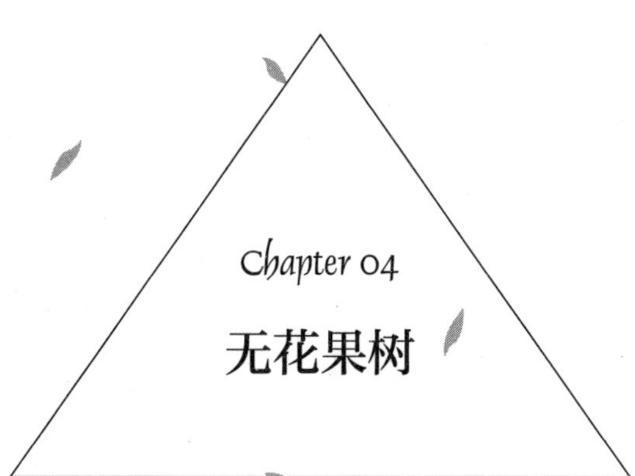

Chapter 04 无花果树

我喜欢看爸爸画画。或者说，我其实是喜欢听他一边画画一边和我聊天。当他描画出层层风景时，那些话语总是变得温柔，似乎还有些沉重，那并不是悲伤。也许带着几分疲倦，但却充满平静。

爸爸没有画室，车库又总是被一堆以为有用却从来没有派上过用场的东西塞得满满的，所以，他在户外作画。

室外能看到最好的风景，但我家附近却没有什么风景可言。因此，爸爸习惯在卡车里放上一架照相机。作为泥瓦匠，他有很多机会去不同的地方，经常留心去寻找一片美丽的日出或夕阳，也许只是一处牛羊成群的田野，之后他从照片当中挑出一幅，夹在画框上，开始作画。

那些画还不错，但我总有点为他感到难过，不得不在模样欠佳的后院里画出美丽的景色。院子里从来就没什么好风景，自从我开始养鸡以来，就更糟了。

不过，爸爸画画的时候，似乎从来不会注意到院子本身，或是那些鸡。他看到的也不仅仅是照片和画布，而是更为庞大的东西。他的目光中流露出的神情，就像是已经超越了我家院子和邻居家，也超越了整个世界。当那双长茧子的大手握住小小的画笔扫过画布的时候，他就像被某种灵动、飘逸的东西附身了。

在我小时候，爸爸在门廊上画画的时候喜欢让我坐在他身边，只要我乖乖地不出声。保持安静对我来说有点难，不过我发现，只要五到十分钟不去看他，爸爸自己就会开始说话了。

我就是这样了解了爸爸的很多事情。他给我讲过各种故事，比如他在我这个年纪都做些什么，还有其他的——比如他怎样得到了第一份运送干草的工作，还有他多渴望能上完大学。

等我长大一点儿，他仍然给我讲他的故事，以及他的童年，但也开始问我一些问题。在学校学了什么？最近在读什么书？还有我对各种事物的看法。

有一天，他出乎意料地问起了布莱斯的事。问我为什么对布莱斯这样着迷。

我给爸爸讲了他的眼睛、他的头发、他脸红的样子，但我觉得自己根本没有解释清楚，因为爸爸听我说完之后摇了摇头，语重心长地对我说，我需要抬头看看整个世界了。

我没太明白他的意思，却忍不住想反驳他。他怎么可能会理解布莱斯呢？爸爸根本就不认识他！

不过我们没有真的吵起来。在屋子里我们也许会吵架，但在院子里不会。

长时间的沉默之后，他亲了亲我的额头，然后说：“合适的光线就是一切，朱莉安娜。”

合适的光线？这是什么意思？我坐在那里想了又想，但不敢开口问他，生怕一开口就证明了自己还没有成熟到足以理解他的意思，虽然某种程度上这是明摆着的。他真以为我能理解吗？

从此以后，他不再多谈他做过的事情。等我长大一点儿，他似乎变得更加具有哲学气息。我不知道是他真的变了，还是他认为我已经超过十岁，能够听懂这些东西了。

大部分时间，他的话都被我当成了浮云，但我偶尔也能完全听懂他到底在说什么。“一幅画要大于构成它的那些笔画之和。”他这样说道，然后解释说为什么一头牛只是一头牛，一片草地只是一些花和草，太阳照射着树木只是一束光线，而把它们放在一起就有了一种魔力。

我明白他在说什么，但在我爬上无花果树的那天之前，我从未真切地感受过这句话的魅力。

这棵无花果树一直矗立在小山丘的顶端。那儿有一大片空地，春天它为小鸟提供一个筑巢的空间，夏天它投出一片阴凉。它也是我们的天然滑梯。树干向上盘曲伸展，几乎长成一个完美的螺旋形，从上面滑下来真是乐趣无穷。妈妈告诉我，这棵树小时候遭受过损害，却生存下来了，一直屹立到百年后的今天，她认为这是她见过的最大的一棵树。她管它叫“坚毅的象征”。

我经常在树上玩，但是直到五年级，我去取一只挂在树杈上的风筝时，才真的爱上了爬树。我先是看着风筝自由地从天上滑落，然后眼看它一头栽到小山坡上无花果树的附近。

多年放风筝的经验告诉我——有的时候它们一去不复返，有的时候它们就等在你去拯救它们的路上。有些风筝很幸运，有的也很难搞。两种我都遇到过，一只幸运的风筝才值得你去追寻它。

这只风筝看来就很幸运。它的样子并不出奇，只是个传统的带蓝黄条纹的菱形风筝。但它用一种友善的方式跌跌撞撞地飞了一阵，当它掉落的时候，也是以某种疲倦的姿态栽下来，与那些态度恶劣的风筝截然相反。难搞的风筝们总是恶意地向着地面俯冲轰炸。它们从不疲倦，因为根本没有在天上待够那么长的时间。它们一般飞了十米左右就冲你坏笑一番，然后坠落，只是为了好玩而已。

“冠军”和我跑向克里尔街，在路上找了一会儿，“冠军”开始朝着无花果树的方向吠叫。我向上看去，也发现了枝杈间闪烁的蓝色和黄色。

看上去要爬很长一段距离，但我决定试试运气。我攀上树干，在树弯上寻找捷径，开始向上爬。“冠军”密切注视着我，一路吠叫，我很快便爬到了从未达到的高度。但是风筝却还在遥不可及的树梢上。

我向下看去，发现布莱斯正走过街角，正在穿过空地。从他向上窥探的方式，我能看出那是他的风筝。

原来这个风筝是这么、这么地幸运！

“你能爬到那么高吗？”他朝树上喊道。

“没问题！”我喊回去。我要向上、向上、再向上！

树枝很粗壮，并且提供了足够的交叉点，让攀爬变得容易起来。爬得越高，我就对上面的景色越惊讶。我从来没有见过这样的风景！就像是在飞机上俯瞰所有的屋顶、所有的树木。我在全世界最高的地方！

然后我向下望去，看到树下的布莱斯。忽然间我觉得有点头晕，膝盖也软了。我离地面有好几英里呢！布莱斯喊道：“你能够到它吗？”

我喘了口气，努力喊回去：“没问题！”然后强迫自己把注意力集中在头上的蓝黄条纹，在攀爬的过程中只盯着它。我终于摸到了，一把抓住它，那风筝现在就在我手里！

可是，风筝线缠在了头顶的树枝上，我没法把它拽出来。布莱斯对我喊：“把线扯掉！”我尽量照他的话去做了。

终于摘下了风筝，在下树之前我必须休息一下。我不再把目光投向地面，而是抱紧树干向外看去，朝着屋顶的方向。

忽然间，因为爬得太高而产生的恐惧感不见了，取而代之的则是一种“我正在飞翔”的神奇感觉，就像翱翔在大地之上，航行于云朵之间。

我突然发现，原来微风的味道是那么好闻。它闻起来就像……阳光。像阳光、野草、石榴和雨滴！我不由自主地大口呼吸着，我的肺被这种最甜蜜的味道一次又一次地充满。

布莱斯向上喊道：“你被卡住了吗？”我这才清醒过来。小心地向下退去，手里抓着那只珍贵的条纹风筝，我在下树的过程中看到布莱斯正绕着大树一直看着我，以确保我的安全。

当我爬到树弯处，爬树时那种让人飘飘然的感觉已经变成了一个让人飘飘然的现实：布莱斯和我正单独待在一起。

单独待在一起！

把风筝拿给他的时候，我的心脏狂跳不止。还没等他接住风筝，“冠军”就在背后轻推着我，我能感觉到它那又湿又凉的鼻子蹭在我的皮肤上。

蹭在我的皮肤上?

我向身后摸去，才发现牛仔裤的屁股后面撕了一个大口子。

布莱斯紧张地笑了笑，我知道他已经看到了，一瞬间，我的脸上火烧火燎的。他拿着风筝跑开了，把我留在那里检查裤子的破洞。

我最后还是把裤子带来的尴尬抛在了脑后，却一直无法忘记树上的风景。我不断地想起坐在高高的树枝上的那种体验。

我还想再去看，再去体验。一次又一次地体验。

没过多久，我就不再害怕爬到高处，并且找到了一个只属于我的地方。我在那里一坐就是几个小时，什么都不做，只是向外眺望整个世界。夕阳美不胜收，有时候是紫色夹杂着粉色，有时候是烈焰般的橙色，把地平线附近的云彩都点着了。

就这样，某一天我忽然顿悟了爸爸所说的“整体大于局部之和”的道理。无花果树上的风景，已经超越了那些屋顶和云朵本身。

它有一种魔力。

而我开始惊讶于自己竟然同时体验到了卑微与宏大。这怎么可能呢？我的内心为何充满了平静，同时又充满了惊叹？简简单单的一棵树，怎么会让我体验到如此复杂的感情？它让我感觉到自己的存在。

一有机会，我就爬到树上。初中的时候几乎每天都爬，因为克里尔街有个校车站，正好在无花果树下。

一开始，我只想看看在校车到站之前能爬多高，没过多久，我就早早地出门，只为了爬到我独享的位置，欣赏日出，看小鸟振翅，看其他的孩子聚在路边。

我曾经试图劝其他等车的孩子跟我一起爬上来，哪怕只爬一点点高，但是他们全都不想把衣服弄脏。因为怕脏而拒绝一个感受奇迹的机会？我简直不敢相信。

我从来不敢把爬树的事告诉妈妈。她是个特别敏感的大人，一定会说爬树太危险。我的哥哥们，作为兄弟，他们才不管我呢。

还有爸爸，我知道他会理解我。不过，我还是不敢告诉他，他会告诉妈妈，然后他们很快就会禁止我再爬树。所以我保留了这个秘密，继续爬树，在俯瞰世界的时候感受着一份孤独的快乐。

几个月以前，我发现自己开始跟树说话了。一段完整的对话，只有我和树。从树上下来的时候，我有点想哭。为什么没有一个人愿意和我说话呢？为什么我不像其他人一样有个最好的朋友在身边？我当然认识学校里别的孩子，可他们中间没有一个人和我算得上亲密。他们对爬树不感兴趣，也一点儿都不关心阳光的味道。

那天晚饭之后，爸爸到户外去画画。寒冷的夜晚，在门廊刺眼的灯光下，他准备给一幅还未完工的日落风景添上最后几笔。

我穿上外套，来到屋子外面，在他身边坐下，安静得像一只小耗子。

过了一会儿，他说："你在想什么，亲爱的？"

以前我们在一起的时候，爸爸从来没有问过这个问题。我看着他，却说不出话来。

他把两种不同色调的橙色混在一起，然后非常轻柔地说："跟我说说吧。”

我重重地叹了口气，把自己都吓了一跳：“我理解你为什么到这里来了，爸爸。”

他故意逗弄我：“那你可以帮我跟妈妈解释一下咯？”

“我没有开玩笑，爸爸。现在我明白你说的‘整体大于部分之和’的意义了。”

他停止调色：“是吗？怎么回事？说说看。”

于是，我给他讲了无花果树的事。那里的风景、声音、色彩、风，还有爬到高处时飞翔般的感觉。如同一种魔力。

他一次都没有打断我，当我把憋在心里的话都说完，我看着他，低声说：“你能和我一起爬上去吗？”

他思考了很长时间，然后露出了笑容：“我很久不爬树了，朱莉安娜，但是我愿意试一试，真的。你看这个周末怎么样？白天我们有很长时间可以用来爬树。”

“太棒了！”

我带着激动的心情上床去睡觉，我想整晚我睡着的时间不会超过五分钟。星期六眼看就要到啦。我已经等不及了！

第二天早上，我起了个大早冲向校车站，爬到树上。正赶上太阳冲破云层，把火焰般的光束洒向世界的每一个角落。我在心里默默地列出一个清单，写满了要给爸爸看的东西，忽然听到树下一片嘈杂。

我朝下面望去，两辆卡车就停在树下，都是巨型卡车。其中一辆拖着长长的空拖车，另一辆装着一架车载式吊车——就是用来修理输电线和电线杆的那种。

四个男人站在那里聊着天，端着热水瓶喝水，我对他们大喊："对不起，这里不能停车……"

我的后半句话"这里是校车站"还没说出口，其中一个人就开始从卡车上卸下工具。手套、绳子、防滑链、耳罩，最后是链锯，三把链锯。

我还是没反应过来。我朝四周看去，想找到他们来这里到底想砍什么。这时，一个坐校车的学生走过来，和他们交谈起来，一会儿他伸手指了指树上的我。

其中一个人喊道："嘿！你最好快点下来，我们就要砍树了。"

我紧紧地抱住树枝，忽然之间我觉得自己快要掉下去了。压抑住快要窒息的感觉，我问："砍树？"

"对，现在赶紧下来吧。"

"可是，谁让你们来砍树的？"

"树的主人！"他喊道。

"为什么？"

即使在十几米的高空，我都能看到他的眉头皱了起来。他说："因为他想建一座房子，这棵树挡了他的路。快点下来，姑娘，我们要工作了！"

大部分学生已经在车站等车了。没有人跟我说一句话，他们只是看着我，不时交头接耳。这时，布莱斯出现了，我知道校车就快到了。我越过房顶搜索了片刻，确定校车离这里已经不到四条街了。

我又惊又怕，心脏狂跳。我不知道该怎么办！不能眼睁睁地离开让他们砍了这棵树！我尖叫道：“你们不许砍树！就是不许！”

一个工人摇了摇头：“你再不下来，我就要叫警察了。你这是擅自妨碍我们工作。你是下来，还是想跟树一起被我们砍倒？”

校车离这里还有三条街。除了请病假，我从来没有因为任何事情逃过学，不过潜意识里我知道今天一定会错过这趟校车了。“你连我一起砍倒吧！”我喊道。忽然我想出一个主意。如果我们所有人都爬到树上，他们一定不敢再砍了！“嘿，伙伴们！”我招呼同学们，“上来陪我吧！如果我们都在树上，他们是不敢动手的！玛西亚！托尼！布莱斯！来呀，朋友，不能让他们砍树！”

学生们只是站在那里，盯着我看。

我看到校车了，就在一条街以外：“上来吧，伙伴们！不用爬这么高，一点点就够！快来吧！”

校车晃晃悠悠地开过来，停靠在路边，就停在卡车前面，车门一开，所有同学一个接一个地上车了。

之后发生了什么事情，在我的记忆里有点模糊不清。我记得邻居们聚在一起，警察拿着扩音器。我记得搭起了消防云梯，有个人跳出来说这棵倒霉的树是属于他的，我最好赶紧从树上下来。

妈妈被人叫来了。一改往日的理性形象，她又喊又叫，求我从树上下来，可我就是不动地方。我不会下去的。

后来，爸爸也赶了过来。他从卡车里跳下来，跟妈妈交谈了一会儿，然后请吊车司机把他升到我所在的地方。这时我只有缴械投降的份儿了。我哭了，我试着让他俯瞰房顶上面的景色，但他不肯。

他说没有什么风景比他小女儿的安全来得更重要。

爸爸把我从树上接下来，然后送我回家，但我根本待不下去。我受不了远处传来的链锯声音。

于是，他只好带着我去工作，在他砌墙的时候，我坐在卡车里哭泣。

我哭了整整两个星期。当然，我又去上学了，努力做出最好的表现，但再也不坐校车了。我改骑自行车上学，虽然要骑很长一段路，但不必每天到克里尔街等车了，也不用面对一堆木屑，它们曾经是全世界最美的无花果树。

一天晚上，当我回到自己的房间，爸爸走进来，拿着一件用毛巾盖住的东西。我看出那是一张画，因为每当在公园做展览的时候，他总是这样运输他的重要作品。他坐下来，把画放在面前的地板上。“我一直很喜欢你的树，”他说，“甚至在你告诉我之前，我就喜欢上它了。”

“哦，爸爸，没关系。已经都过去了。”

“不，朱莉安娜。你不会忘记它的。”

我哭了：“只是一棵树……”

“我不希望你这样说服自己。我们都知道，这不仅仅是一棵树的问题。”

“但是爸爸……”

“听我说完，好吗？”他深吸了一口气，“我希望这棵树的灵魂可以一直陪在你身边。我希望你记住爬到树上的感觉，”他犹豫了一下，把画递给我，“所以，我给你画了这幅画。”

我掀开毛巾，看到了我的树。我美丽、庄严的无花果树。他在枝条中间添上了火焰般的阳光，而我似乎能感觉到微风吹拂着树叶。树顶上，一个小女孩正在向远处眺望，她的脸蛋红红的，染红它的是风，是欢乐，是魔力。

“别哭了，朱莉安娜。我想帮助你，不是想惹你伤心。”我擦去脸上的泪痕，轻轻地抽着鼻子。“谢谢你，爸爸，”我抽泣着说，“谢谢你。”

我把画挂在床对面的墙上。它是我每天早上睁眼之后看到的第一样东西，也是晚上闭眼之前看到的最后一样东西。现在我见到它不会再掉眼泪了，在我眼里，它已经不仅仅是一棵树，我理解了树上的时光对我来说意味着什么。从那一天起，我对待周遭事物的看法开始改变了。

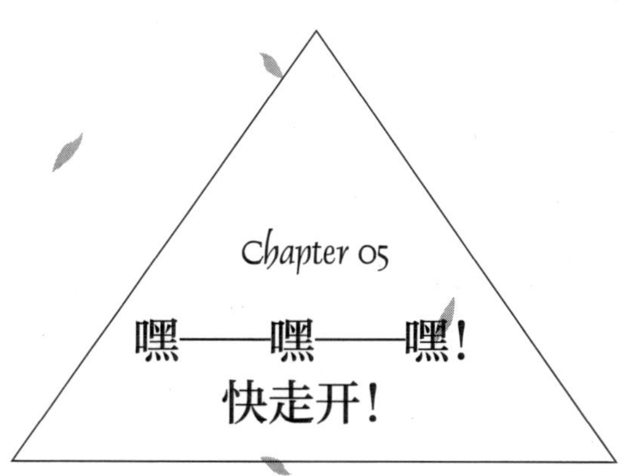

Chapter 05

嘿——嘿——嘿！快走开！

我害怕鸡蛋，也害怕鸡。好吧，你想笑就笑吧，不过我确实没有骗你。

关于鸡蛋，那是六年级的事了。

这里面还有一条蛇。

以及贝克家的兄弟们。

贝克家的两兄弟名叫马特和麦克，不过直到现在我也分不清谁是谁。他们一向形影不离。虽然不是双胞胎，但两个人的长相和声音却出奇地相似，他们都和利奈特一个班，所以其中的一个也许留过级。

反正，我从没见过哪个老师心甘情愿地连续两年教这两个疯子，无论哪一个。

不管怎么说，马特和麦克让我见识了蛇怎么吃鸡蛋。我说吃鸡蛋，是指连壳也不剥，囫囵吞下去的吃法。

如果不是利奈特，我可能一辈子都无法摆脱对爬行类动物的小小恐惧。利奈特和住在三条街以外的斯凯勒·布朗是死党，一有机会，她就跑去看他练习打鼓。就是那种，咚——咚——砰什么的，好像跟我也没什么关系，对吧？但是后来斯凯勒和朱莉的哥哥组了一个乐队，他们起名叫“神秘小便”。

妈妈听说以后快要气炸了：“哪个父母会放任孩子组织什么‘神秘小便’乐队？太下流了。真是恶心！”

“这就是他们要达到的目的，妈妈，”利奈特试着给她解释，“名字什么也代表不了，只是为了惹那些老家伙生气。”

“你在说我老吗，年轻的女士？因为我确确实实生你们的气了！”

利奈特只是耸耸肩，表示妈妈随便怎么想都可以。

“去！回到你房间去。”妈妈恶狠狠地说。

“为什么？”利奈特也恶狠狠地回答她，“我什么也没说！”

“你当然知道这是为什么。现在给我回屋去，好好反省你的态度，年轻姑娘！”

于是，利奈特就这样再一次因为青春期的冲动被关了禁闭，从此以后，只要晚餐时间利奈特迟到了两分钟以上，妈妈就会命令我去斯凯勒家叫她回家。利奈特大概觉得很尴尬，但我感觉更糟。我还在上小学，而“神秘小便”的成员已经上中学了。他们成熟，穿着讲究，邻里之间都听得到他们的电吉他奏出的强力和弦，而我看起来就像是刚从主日学校回家的小孩儿。

我紧张得不得了，叫利奈特回家吃饭的时候连声音都变尖了。真的，我一点儿也不夸张。不过没过多久，乐队就把名字里的“神秘”二字去掉了，斯凯勒和“小便”乐队其他成员也慢慢习惯了我的出现。他们不再对我怒目相向，而是对我说：“嘿，小弟弟，过来一起玩一会儿！”或是：“嗨，布莱斯弟弟，想跟我们来段即兴吗？”

于是，我就这样混进了斯凯勒·布朗家的车库，身边围绕着一群中学生，观看一条大蟒蛇吞鸡蛋。我早就在贝克兄弟家的卧室里见过它吃下一只老鼠，所以“小便”的把戏没那么容易吓到我。况且，我意识到他们是存心保留这个小节目用来捉弄我，于是打定主意不能让他们得逞。

不过，这还真有点难度，亲眼见证蛇吞下一只鸡蛋，要比想象中更令人毛骨悚然。那条蟒蛇把血盆大口张到吓人的程度，含住鸡蛋，只听“咕噜”一声，那只鸡蛋就滚进了它的喉咙。但是戏还没演完。蟒蛇吞下三个鸡蛋之后，马特——也许是麦克——说：“布莱斯弟弟，你知道它怎么消化这些蛋吗？”

我嫌恶地耸耸肩，试图保持住正常说话的声音，然后答道：“胃酸？”

他摇头，装出一副天机不可泄露的表情：“它需要一棵树，或者一条腿。”他冲我咧嘴笑着，“你愿意把腿借给它吗？”

我向后退了两步，眼前全是那个怪物把我整条腿当成餐后甜点一口吞掉的画面。“不——不行！”我说。

他笑了，指着正在爬过房间的大蟒：“噢，太糟糕了。它选择了另一种方式，打算用钢琴代替你的腿。”

用钢琴！这到底是条什么蛇啊？姐姐怎么能容忍跟这些疯子待在同一个房间？我看着她，虽然利奈特仍然表现出一副无所谓的样子，但我了解她——她早就被吓出一身鸡皮疙瘩了。

蛇把身体在钢琴脚上绕了三圈，然后马特——也许是麦克——竖起食指："嘘！嘘！安静安静。看好了！"

蛇停止蠕动，开始收缩身体。随着收缩的过程，我们听到了鸡蛋在体内碎裂的声音。"天哪，太恶心了！"女孩子们感叹道。"哎哟，我的天！"男孩子们说。麦克和马特相视大笑："准备开饭！"

面对蟒蛇，我希望保持冷静，但事实上我开始做噩梦，梦里全是蛇在吞鸡蛋、吞老鼠、吞猫。

还有我自己。

真正的噩梦由此开始。

在斯凯勒家车库里看完那场秀大约两周后的一天早上，朱莉出现在我家门口，猜猜她手里拿着什么？半箱鸡蛋。她蹦蹦跳跳的，就像在过圣诞节："你好呀，布莱斯！还记得艾比、邦妮、克莱德和德克斯特吗？还有尤尼斯和佛罗伦斯？"

我一头雾水地看着她。圣诞老人的驯鹿好像不叫这个名字呀。

"你知道吧……我养的鸡？去年科技展孵化出的那些。"

"哦，没错。当然忘不了。"

"它们下蛋了！"她把纸箱塞进我手里，"拿着！这是送给你和你全家的。"

"哦。呃，谢谢。"说着，我关上了门。

我以前很喜欢吃鸡蛋。尤其是炒蛋，配上培根或者番茄酱。可是，就算没有蟒蛇在其中作梗，我也知道这些鸡蛋无论怎么烹调，吃在我嘴里必定味同嚼蜡。因为生蛋的鸡是朱莉安娜·贝克在五年级科技展上孵出来的。

那是典型的朱莉作风。她完完全全支配了科技展，而她的项目自始至终都是在观察鸡蛋。要知道，孵蛋的过程其实没什么值得大书特书的细节。调好光线，摆好容器，铺上碎报纸，就是这样。没有别的了。

但是，朱莉决心要写一篇冗长的报告，还要加上图表——线图、柱状图和饼图——来描述鸡蛋的活动。几个鸡蛋而已！

她还计算了孵蛋的时间，控制它们在展览当天晚上孵出小鸡。她干吗非得这么做啊？我辛辛苦苦做了一个火山喷发的实景模型，结果人人都去关心朱莉的小鸡怎么破壳了。我也亲自去看了一眼——完全客观地说——太无聊了。小鸡只花了五秒钟的时间就破壳而出，尔后的五分钟里就躺在那儿一动不动。

我听见朱莉叽里咕噜地对评委们说着什么。她拿着一支教鞭——你能相信吗？不是铅笔，而是一支真正可伸缩的教鞭，以便她站在孵化器旁边也能指着那些图表，介绍观察小鸡21天孵化过程的兴奋之情。

她只差没穿一身小鸡戏服了，朋友，我敢保证——如果她真的想穿，早就穿上了。

不过，这件事已经过去了。这就是朱莉会做的事，对吧？但是一年后的今天，眼前突然跑出来一箱自家出产的鸡蛋。刚好妈妈从走廊里探出头来问我："刚才是谁啊，亲爱的？你拿着什么东西？是鸡蛋吗？"这时候我很难压住火气，不去想她那个得了大奖的愚蠢的项目吧。

从妈妈的表情来看，她正在忙着做饭。"是的，"我把鸡蛋递给她，"不过我只想吃麦片。"

她打开纸箱看了看，然后笑着合上了。"真不错！"她说，"谁送来的？”

“朱莉。她下的。”

“她下的？”

“呃，她家的鸡下的。”

“是吗？”妈妈的笑容退去，她重新打开纸箱，“这样啊。我不知道她还……养了鸡。”

“记得吗？去年科技展的时候，你和爸爸花了一个小时看它们出壳。”

“好吧，可是我们怎么才能知道……这些鸡蛋里有没有小鸡？”

我耸耸肩：“我说过了，我只吃麦片。”

那天我们吃的都是麦片，但谈话的内容一直是鸡蛋。爸爸认为它们完全可以吃——他小的时候吃过农场养殖的新鲜鸡蛋，非常鲜美。但妈妈无法摒弃她会从鸡蛋里敲出一只死鸡的念头，然后话题迅速转向了公鸡的问题——我抱着我的麦片只好无语了。

最后利奈特说：“如果他们养了一只公鸡，你觉得我们会不知道吗？所有的邻居会不知道？”

嗯，我们都认为她说到点子上了。但是妈妈仍然不甘心：“也许他们养了一只不会打鸣的公鸡。你知道——就像不会叫的狗一样？”

“一只不会打鸣的公鸡。”爸爸说，就像听到了最最荒谬的故事一样。他看了妈妈一眼，意识到自己最好还是附和她关于公鸡不会打鸣的主意，而不是取笑她。“呃，”他说，“我从来没听说过，不过这也是有可能的。”

利奈特耸耸肩，对妈妈说："你去问问他们好啦。给贝克夫人打个电话就知道了。"

"哦，"妈妈说，"好吧，我可不想问她关于鸡蛋的问题。这听起来不太礼貌，对不对？"

"问问马特或者麦克。"我对利奈特说。

她怒视着我，咬着牙说："闭嘴。"

"怎么了？我什么也没说！"

"你没发现我再也不去他家了吗？白痴！"

"利奈特！"妈妈喊道，就像是头一次听到姐姐用这种态度对我说话似的。

"嘿，这是真的！他怎么会不知道呢？"

"我正想问你呢，亲爱的。出什么问题了？"

利奈特站起来，把椅子推回去。"别装得好像你真的关心我似的。"她咬着牙说，然后冲回房间去了。

"唉，天哪！"爸爸说。

妈妈站起来："不好意思。"然后跟着利奈特去了走廊。

妈妈走了以后，爸爸说："好吧，孩子，为什么你不去问问朱莉呢？"

"爸爸！"

"就问个简单的问题嘛，布莱斯。没什么大不了。"

"但是她会拉住我解释半个小时！"

他盯着我看了一分钟，然后说："男孩不应该害怕女孩。"

"我不是怕她……"

“我觉得你是。”

“爸爸！”

“真的，孩子。我希望你去问问她。克服恐惧，回来告诉我们答案。”

“问他们养没养公鸡？”

“是的，”他站起来，收起盛麦片的碗，“我得去上班了，你也要去上学。我希望今晚听到答案。”

好极了。真是好极了。这一天还没有开始，就被毁掉了。在学校，我跟加利特讲了这件事，他却只是耸耸肩说：“好吧，她就住在你家对街，是不是？”

“对，怎么了？”

“你爬上围栏去看看呗。”

“你让我偷偷摸摸去侦察一下？”

“当然了。”

“可是……我怎么才能知道他们养没养公鸡？”

“公鸡嘛……我不知道……体形大一些。羽毛更多。”

“羽毛？你是说我要去数羽毛？”

“不，笨蛋！我妈妈说公鸡的羽毛更鲜艳。”他笑了，“不过对你来说，我就不确定了。”

“谢谢。你帮了我大忙，伙计。太谢谢了。”

“记住，公鸡的个头更大，羽毛更鲜艳。你知道吧，就是屁股后面那些长长的羽毛。红色，或者黑色，或者别的颜色。还有，公鸡是不是头上长了些红色的软乎乎的东西？还有脖子上也是？没错，反正公鸡脑袋的四周都长着红色的软东西。”

“所以你的意思是，我应该爬上围栏，寻找长了长羽毛和红色软东西的家伙。”

“哦，等等，万一小鸡也长了那些红色的软东西呢。你看着办吧。”

我朝他翻着白眼，差一点儿就想说，我还是问问朱莉算了。但他忽然说道：“如果需要的话，我陪你去。”

“真的吗？”

“当然，哥们儿。真的。”

于是，我和加利特·安德森就这样在下午三点半来到贝克家的后墙，紧张地朝院子里偷窥。不是为了行动隐蔽，而是不这样就没法在当天晚饭时间向爸爸交差了。

我们行动得很迅速。下课铃一响，我们就从学校溜出来，因为在计划里，如果我们到贝克家够早，就能在朱莉到家之前搞定一切。连书包都没放回家，我们就直接冲下小路，准备实施偷窥计划。

其实不一定要爬上贝克家的围栏。我发现，从外面几乎可以直接看到院子里的景象。但是加利特执着地伸着脖子向上看，我不得不照计划行事，不过潜意识里我还是想到，加利特不住这附近，而我还要继续住在这儿呢。

后院乱得一塌糊涂，这倒没有出乎我的意料。灌木已经长疯了，用木头和铁丝搭的鸡笼摆在一边，院子里没铺草坪，而是一层肥沃的土壤。

加利特先发现了那条狗，它睡在露台上两张丑陋的折叠椅中间。他指指狗：“你觉得它会给咱们捣乱吗？”

“我们不会在里面待太久的，不至于惹上麻烦！那些该死的鸡在哪儿？”

“也许在笼子里。”他捡起一块石头，朝那堆胶合板和铁丝网组成的破烂扔过去。

只听见一阵掀动羽毛的声音，后来其中一只拍着翅膀走出来。它没走多远，却也足够让我们看到它的羽毛和红色的冠子。

“怎么样？”我问，“这是公鸡吗？”

他耸耸肩：“我觉得像小鸡。”

“你怎么知道？”

他又耸耸肩：“我就是知道。”

我们看着它翻动泥土，然后我问：“好吧，母鸡长什么样？”

“母鸡？”

“是啊。有公鸡、小鸡，也有母鸡。母鸡长什么样？”

“那里就有一只。”他指着贝克家的后院说。

“那么，小鸡什么样？”

他看着我，就像我是个疯子：“你在说什么？”

“我说小鸡！小鸡长什么样？”

他往后退了一步，说：“布莱斯弟弟，你疯了吗？那就是一只小鸡！”他弯腰捡起另一块石头，正要往外扔，这时露台的玻璃门被推开了，朱莉从屋里走出来。

我们一起缩回头。我一边透过围栏向里面望着，一边问道：“她什么时候回来的？”

加利特小声抱怨着："就在你抽风问起那只小鸡的时候。"然后悄声说，"不过，这么一来倒是简单了。她是不是拿着篮子？她大概要过来捡鸡蛋。"

但是她要先宠爱一下她那条脏兮兮的狗。她弯下腰，把狗搓圆揉扁地爱抚了一通，然后唱起了歌。

她竟然真的在唱歌，用尽全力扯着嗓子："在阴天中的一缕阳光，外边还很冷，这个月已经是五月，我猜测你会说是什么让我们走上这条路，我的女孩，我谈论的女孩……"

她朝鸡笼里望去，咕咕地叫着："你好呀，弗洛！下午好，邦妮！过来呀，我的小宝贝！"

鸡笼不够大，她不能走到里面去。它更像一个单面坡顶的小屋，连狗都很难往里钻。不过，什么事情也难不住朱莉安娜·贝克。她弯下腰，手掌和膝盖着地，一头扎进去。鸡们咯咯叫着，拍着翅膀跑出来，转眼院子里全是鸡，朱莉只露出一双沾满鸡粪的鞋在笼子外面。

我们听到的不光是鸡叫。她在笼子里继续颤声唱道："我不需要金钱和名誉，我已经很富有，亲爱的，你就是我想要的，我猜测你会说是什么让我们走上这条路，我的女孩，我谈论的女孩……"

有那么一瞬间，我的注意力根本不在寻找小鸡身上有没有红色的冠子或是羽毛上。我低头看着朱莉安娜·贝克的脚，好奇这世界上怎么会有人趴在东倒西歪的鸡舍里、鞋子上沾满鸡粪，却还是那么快乐。

加利特让我重新回到现实。"这些都是小鸡，"他说，"你看。"

我迅速地把视线从朱莉的鞋子上收回，开始研究那些鸡。先是清点数量，1——2——3——4——5——6，都在这里了。

不管怎么说，谁能忘了她当初孵出了六只小鸡呢？这是本校有史以来的最高纪录——县里的每一个人都听说了。

可我还是不知道该怎么开口请教加利特。没错，它们全是小鸡，这能说明什么问题？我不想让他再有机会数落我，但还是没看出其中的意义。最后，我还是问他："你是说，这里没有公鸡？"

"绝对没有。"

"你怎么知道？"

他耸肩："公鸡走起路来趾高气扬的。"

"趾高气扬？"

"是的。可是你看——这里没有一只鸡长了长羽毛，还有那些红色的软软的东西，"他点点头，"是的。它们肯定都是小鸡。"

那天晚上，爸爸开门见山地问："好吧，儿子，任务完成了吗？"他边说边用力刺向碗里的意大利面，在叉子上卷成一团。

我也把面条如此处理，朝他微微一笑。"嗯哼，"我的语气就像是播报新闻，"它们都是小鸡。"

他翻卷叉子的手忽然停住了："所以……"

我感觉到有什么不对，但不知道是哪里不对。我试着继续保持微笑，说："什么所以？"

他放下叉子，盯着我的脸："她是这么回答你的？'它们都是小鸡'？"

"呃，不完全是。"

"她到底是怎么回答的？"

“呃……其实她什么都没说。”

“这是什么意思？”

“意思是我跑去她家然后自己看了一眼。”我努力说得像是一项了不起的成就，但是爸爸不买账。

“你没问她？”

“我不需要问，加利特很懂行，我们一起去观察得出了结论。”

利奈特回来了，她刚才去洗掉了仅剩的几根面条上的干酪酱。拿过盐瓶，她瞪了我一眼：“你才是小鸡。”

“利奈特！”妈妈说，“你注意点。”

利奈特停止撒盐：“妈妈，他去偷窥了。你明白吗？他从别人家的围栏向里偷窥，难道你能容忍他这么做？”

妈妈把头转向我这边：“布莱斯，这是真的吗？”

现在人人都在盯着我看，我觉得有必要维护自己的脸面：“这算什么？你让我去搞清楚他们家养了什么鸡，我就去了！”

“嘿——嘿——嘿！”姐姐发出低低的吼声。

爸爸没有恢复咀嚼。“而你的答案是，”他字斟句酌地说，“它们都是……小鸡。”

“是的。”

他叹了口气，叉起一口面条，嚼了很久很久才咽下去。

我的心迅速往下沉，却还是一头雾水。为了打破尴尬，我说：“所以，你们可以放心吃那些鸡蛋了，不过我连碰都不想碰，千万别再跟我提到它们了。”

妈妈一边吃着沙拉，一边用目光在爸爸和我的脸上反复逡巡，我相信她在等待爸爸对我侦察邻居家的壮举做出表示。但爸爸什么都没说，于是她清清喉咙，说道："为什么？"

"因为……呃，因为……我不知道该怎么说。"

"说出来。"爸爸忽然开口。

"呃，因为，你知道，那里到处都是屎。"

"哦，太恶心了！"姐姐边说边扔下她的叉子。

"你是说鸡的粪便？"妈妈问。

"是的。那个院子里连草坪都没有。到处都是土，还有，呃，你懂的，鸡屎。小鸡踩在上面，在鸡屎里啄来啄去，还……"

"天哪，恶心死了！"利奈特哀号道。

"真的，就是这样！"

利奈特站起来："你觉得我听了这个还吃得下去？"然后昂首阔步地走出房间。

"利奈特！你必须吃点东西再走。"妈妈朝她身后喊道。

"不，我不吃了！"她喊回来，一秒钟以后，她转过头，探进客厅说，"而且你再也别指望我吃一个鸡蛋了，妈妈。'沙门氏菌'这个词对你而言一点儿意义都没有吗？"

利奈特冲向走廊，妈妈说："沙门氏菌？"她把头转向爸爸，"你觉得鸡蛋上有沙门氏菌吗？"

"我不知道，佩西。我更担心的是，我儿子是个胆小鬼。"

"胆小鬼？瑞克，别这么说。布莱斯才不是胆小鬼呢。他是个出色的孩子，他——”

“他害怕一个小姑娘。”

“爸爸，我不怕她，是她总来烦我！”

“为什么？”

“你知道为什么！她也来烦过你。她做事太过分了！”

“布莱斯，我希望你克服恐惧心理，可是你总是半途而废。如果你喜欢她，那就是另外一回事了。爱是一种让人害怕的东西，但你面对的不是爱，是尴尬。是的，她话太多了，她对每一件小事都过分热心了，可是，那又怎么样呢？敲门进去，问她问题，再走出来。勇敢地面对她，把你的问题大声说出来！”

“瑞克……”妈妈说，“瑞克，冷静点。他确实回答了你问他的问题……”

“不，他没有！”

“你这是什么意思？”

“他告诉我说，那里全都是小鸡！它们当然都是小鸡！我的问题是，有几只公的，几只母的。”

爸爸的话好像一下一下敲进我脑子里，好吧，我觉得自己是个彻头彻尾的傻瓜。难怪他讨厌我。我真是个白痴！它们都是小鸡……上帝！加利特假装自己是个鸡类专家，其实他什么也不懂！我怎么会相信他的话呢？

但是太晚了。爸爸已经认定我是个胆小鬼，为了帮我克服恐惧，他决定让我把那盒鸡蛋送回贝克家，并告诉他们我家不吃鸡蛋，或者我们对鸡蛋过敏，任何借口都行。

妈妈插了进来："你看看你都在教他什么呀，瑞克？这不是真的。如果他把鸡蛋还回去，难道不应该跟他们说实话吗？"

"怎么说？说你害怕沙门氏菌？"

"我？你不是也有点担心吗？"

"佩西，这不是重点。重点是，我不想有个胆小的儿子！"

"所以你教他说谎？"

"好吧。那就把鸡蛋扔掉算了。不过从现在开始，我要求你正视那个厉害小妞的眼睛，听见没有？"

"好的，长官。"

"好，就这样吧。"

接下来的八天里，我完全忘记了这件事。第九天，她又出现了，早上七点钟，在我家门廊上手里拿着鸡蛋，蹦蹦跳跳地说："嗨，布莱斯！给你。"

我试着直视她的眼睛，礼貌地谢绝，可是该死的，她看起来那么高兴，我根本没有完全睡醒，不敢就这样拒绝她。

她兴奋地把又一盒鸡蛋塞进我手里，而我紧张地把它们塞进厨房的垃圾桶，赶在我爸爸下楼来吃早餐之前。

这种情况一直持续了两年。两年哪！它已经变成我早上的固定节目。我得留心朱莉的到来，这样就能在她敲门或者按门铃之前把门打开，我还得在爸爸出现之前及时地把鸡蛋毁尸灭迹。

终于有一天，我搞砸了。那段时间，因为无花果树被砍，朱莉其实已经不怎么出现了，但是突然有一天早上，她又回到我家门口的台阶上来送鸡蛋。像平时一样，我接过它们，然后想拿去丢掉。但是厨房的垃圾桶太满了，盛不下这个盒子，所以我把它们放在垃圾的最上面，提起垃圾桶，推开房门，打算把它们一股脑儿地倒进门外的垃圾箱。

猜猜谁像个雕塑似的站在我家门廊上？

当然是送蛋的小母鸡。

我差点把垃圾桶翻倒在门廊上。“你怎么还在这儿？”我问她。

“我……我不知道。我只是在……想事情。”

“想什么？”我绝望了。我急需找到什么东西用来转移她的注意力，在她发现这堆垃圾最上面是什么之前。她把目光移开了，就像难为情似的。朱莉安娜·贝克会觉得难为情？我认为这是不可能的。

不过，管他呢。这是个难得的机会，我可以把一本湿漉漉的杂志盖在盛鸡蛋的盒子上，而我抓住了这关键的机会。然后，我试图向侧院里的垃圾箱发起快攻，但她竟然上来封堵我。没错，她走过来严严实实地挡住了我的去路，然后伸出手臂，就像在断球。

她追着我不放，堵住我。“怎么回事？”她追问道，“是摔碎了吗？”

太好了。我怎么没想到？“是的，朱莉，”我告诉她，“我真的很抱歉。”

而我心里想的是，求求你，上帝，哦，求求你，上帝，让我把它们扔进垃圾箱吧。

但上帝一定是睡着了。朱莉抓住垃圾箱，翻出她宝贵的鸡蛋，马上就发现它们都好好的，连裂纹也没有。

她手里拿着鸡蛋，定定地站在那里，而我倒掉剩下的垃圾。

“你为什么要扔掉它们？”她问，可听上去完全不像平时的朱莉安娜・贝克。那声音轻轻的，带着颤抖。

于是，我告诉她我们害怕被传染沙门氏菌，因为她家的院子实在太脏了，而且我们不想伤害她的感情。我说得好像我们是对的，她才是错的，但我觉得自己就像个浑蛋，一个假惺惺的浑蛋。

她说，有几家邻居从她那里买鸡蛋。花钱买。

当我的脑子还在处理这个惊人的消息时，她已经迅速地心算过了。“你有没有想过，为了给你这些鸡蛋，我已经损失了超过一百美元？”她的眼泪汹涌而出，转身跑过街道。

我只能努力说服自己，并不是我开口向她要这些鸡蛋的——我从没说过我们想要、需要或是喜欢它们——事实上，我从来没见朱莉哭过。不管是体育课上摔断了手臂，还是在学校被别的孩子欺负，或者被她的哥哥们戏弄。即使他们砍倒无花果树的时候她也没哭。刚才，我可以肯定她哭了，但我并没有真的看见她的眼泪。

对我来说，朱莉安娜・贝克那么坚强，不可能掉眼泪。

我回到自己的房间收拾上学用的东西，感到自己是地球上有史以来最糟糕的浑蛋。我躲着她、躲着爸爸鬼鬼祟祟地扔了两年鸡蛋——我成什么了？我为什么不能站出来说，不要再送了，谢谢你，我们不想要，我们不需要，我们不喜欢……把它们留给蛇吃吧，为什么不告诉她？说什么都可以！

难道我真的害怕伤害她的感情？

或者，我害怕的是她？

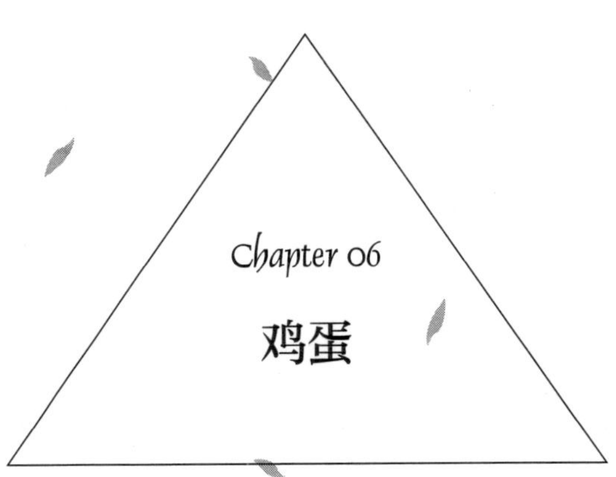

Chapter 06

鸡蛋

无花果树被砍倒以后，似乎一切都分崩离析了。“冠军”死了，然后我发现了关于鸡蛋的真相。“冠军”到了该离开的时候，虽然我很想它，但是对我来说，接受“冠军”的离去比接受鸡蛋的真相还要来得更容易些，我仍然不敢相信鸡蛋的事。

在这个事件当中，鸡蛋比鸡来得更早，而狗要比它们两个都早。我六岁的一天晚上，爸爸下班回来，卡车车厢里拴着一条已经完全长大的狗。有人在十字路口中间打它，爸爸停下来查看它的伤势。他发现这个可怜的小东西瘦得像根铁轨，没带任何证明身份的东西。“它饿极了，完全迷了路。”他告诉我妈妈，“你能想象有人这样抛弃他们的狗吗？”

全家人都聚在门廊上，我几乎挤不进去。一条小狗！

一条美妙的、快乐的、棒透了的狗狗！现在我明白了，“冠军”长得一点儿也不漂亮，但在你六岁的时候，任何一条狗——不管它有多脏——都是漂亮的、讨人喜欢的。

对哥哥们来说，它也非常好，不过从妈妈那纠结的表情来看，我知道她在思考。丢掉这条狗？哦，没错。我肯定她是这样想的。但是，她只是简简单单地说："家里没有地方养动物。"

"特瑞纳，"爸爸说，"这不是养不养的问题。这是同情心的问题。"

"你不是在对我说想养它当……宠物吧？"

"绝对不是这个意思。"

"那你是什么意思？"

"给它好好地吃一顿饭，洗个澡……然后我们也许可以打个广告，给它找个家。"

她隔着门槛注视着他："没有'也许'。"

哥哥们说："我们不能养它？"

"没错。"

"可是，妈——妈。"他们抱怨着。

"没什么可讨论的。"她说，"给它洗个澡，吃点东西，在报纸上登广告。"

爸爸一只手搂着马特，另一只手搂着麦克："总有一天，孩子们，我们会养条小狗。"

妈妈已经转身向屋子里走去，听到这里又回过头："除非你们先学会让自己的房间保持整洁，孩子们！"

一周之内，狗狗被起名为"冠军"。第二个星期，它的领土从后院延伸到厨房。没过多久，它就完全跑到屋子里活动了。看来没人想要一条已经长大的、快乐地叫个不停的狗。嗯，除了贝克家五个人中的四个。

妈妈发现了一种味道。一种来源不明的神秘味道。我们也都承认自己闻到了，但不同意妈妈说这是“冠军”的味道。她要求我们那么频繁地给它洗澡，所以这不可能是它身上的味道。我们每个人都认真地闻过它，那是完美的玫瑰香味。

我私下里怀疑是马特和麦克没有好好洗澡，但我可不想靠近去闻他俩。由于无法确定“冠军”是不是味道的来源，我们只好把这味道称为“神秘的气味”。整个晚餐时间，我们都在谈论这个“神秘的气味”，哥哥们认为这很好玩，而妈妈可不这么想。

有一天，妈妈解开了这个谜。要不是爸爸出手营救、把狗儿赶跑，妈妈没准儿会打破“冠军”的头。

妈妈气得发疯：“我说过一定是它。‘神秘的气味’原来都是来自‘神秘小便’！你看见没有？看见没有？它刚才就尿在了茶几上！”

爸爸拿着一卷手纸冲向刚才“冠军”待过的地方：“在哪儿？在哪儿呢？”

三滴液体正顺着桌子腿流下来。“那儿，”妈妈说，颤抖的手指对准那片潮湿，“就在那儿！”

爸爸把它擦干净，检查着地毯：“这里一滴都没有。”

“没错！”妈妈叉着腰说，“这就是为什么我从来都找不到。从现在起，狗只能待在外面。听见没有？它再也不准进屋了！”

“车库怎么样？”我问，“它可以睡在里面吗？”

“让它给里面所有东西都尿上标记？没门！”

麦克和马特相视而笑：“神秘小便！我们可以拿它当乐队的名字！”

“是的！酷毙了！”

“乐队？”妈妈问，“等等，什么乐队？”但他们已经飞身下楼，跑向自己的房间，嬉笑着讨论logo（徽标或商标）的设计去了。

那天剩下的时间里，爸爸和我四处嗅着，捣毁一切犯罪证据。爸爸拿着一瓶氨水喷雾，我拿着消毒剂紧随其后。我们本来想叫上哥哥们，但他们很快开始用喷雾瓶打起水仗，结果都被关了禁闭，当然，对他们来说也没什么不好。

从此，“冠军”成了一条养在室外的狗，而且有可能成为我家唯一的宠物，直到五年级的科技展览会为止。

我身边人人都想出了好点子，可我还什么想法都没有。这时候，我的老师布鲁贝克夫人把我叫到一边，说她的一个朋友有几只小鸡，还说她能给我拿到一个受精的鸡蛋来做项目。

“可我对孵蛋一窍不通啊。”我告诉她。

她笑了，把手放在我的肩膀上：“你不用对什么事情都那么精通，朱莉。学习新东西才是目的。”

“万一我把它养死了呢？”

“没关系。用科学的方法记录你的工作，还是能得到一个A，如果你担心的是这个。”

得到一个A？我问的是一只雏鸡的死——而她以为这是我最关心的问题。突然间，我觉得自己还不如去做个人造火山、制造合成橡胶，或者演示几个传动装置算了。

可惜，对于布鲁贝克夫人来说，一旦开始就停不下来了，她不再跟我讨论，从书架上抽出《养鸡初学者指南》递给我。她说：“阅读人工孵化的章节，今天晚上做好准备。我明天就把鸡蛋拿来。”

“可是……”

“别太担心了，朱莉，”她说，“我们每年都这么做，它总是科技展上最好的作品之一。”

“可是……”我还想说些什么，但她已经走了，去替其他学生解决犹豫不决的问题了。

那天晚上我比之前还要焦虑。我至少把人工孵化的章节读了四遍，仍然不知道从何入手。我手边根本就没有恰好存着一个旧水族箱！我们也没有一支孵化温度计！不知道烤箱用的温度计合适不合适？

我还得控制湿度，否则小鸡就要遭殃了。太干了，小鸡无法破壳而出；太湿了，小鸡可能会死于蔫雏病。蔫雏病？

作为一个通情达理的人，妈妈对我说，只要简单地告诉布鲁贝克夫人，我没办法孵出小鸡就行了。“你有没有考虑过种豆子？”她问我。

不过，另一方面，爸爸理解我为何不能拒绝老师的分派，而且答应我一定帮忙。“孵化箱不难做。吃过晚饭我们就去做一个。”

爸爸竟然能在我家车库里准确地找到每一件东西，这实在是个宇宙的奇迹。看到他在一块旧有机玻璃上钻出一英寸的洞，我才知道，他真的会做孵化箱。“上高中的时候，我曾经孵出过一只鸭子，”他咧嘴笑着，“也是科技展的项目。”

“鸭子？”

“是啊，不过家禽孵化的原理都一样。保持稳定的温度和湿度，每天把蛋翻转几次，过几个星期你就会孵出一只叽叽喳喳的小家伙儿了。”

他递给我一个灯泡，还有一个连在插座上的延长线。“把这个穿进有机玻璃上的洞里。我来找几支温度计。”

“几支？我们需要不止一支？”

“我们还需要做个湿度计。”

“湿度计？”

“为了检查孵化箱里的湿度。就是在一支温度计的球泡上缠上湿纱布。”

我笑了：“不会得蔫雏病？”

他也笑了：“绝对不会。”

第二天下午，我已经拿到了不是一个，而是六个鸡蛋，躺在舒适的三十八点九摄氏度的孵化箱里。“不是每个鸡蛋都能孵出小鸡，朱莉，”布鲁贝克夫人告诉我，“希望至少能孵出一只。最好成绩是三只，那个成绩已被记录在案了。做个小科学家。祝你好运。”说完她就走了。

记录在案？这跟我有什么关系？我必须每天翻动鸡蛋三次，调节温度和湿度，但是除此之外还有什么要做的？

那天晚上，爸爸从车库拿出一根硬纸管和一只手电筒。他把两样东西捆在一起，让光线从管子中间直射过去。“我来教你怎么检查鸡蛋。”他边说边关上车库的灯。

我在布鲁贝克夫人的书里看到有对光检查鸡蛋的内容，但还没来得及读。

“为什么管这个叫‘烛光检查’？”我问爸爸，“你为什么要检查它们？”

“从前，在用上白炽灯之前，人们点燃蜡烛检查鸡蛋，”他捡起一只鸡蛋，贴在管子上，“光线能帮助你透过蛋壳看到胚胎的发育，剔除那些发育不良的蛋，如果有必要的话。”

“杀了它们？”

“剔除掉。拣走那些发育不良的。”

“可是……这还是会杀了它们呀！”

他看着我说：“留下发育不良的蛋，可能对其他健康的蛋造成毁灭性的打击。”

“为什么？它们只是孵不出来而已啊！”

他继续用光线照射着鸡蛋：“它们可能会爆开，把细菌沾染到其他鸡蛋上。”

爆开！蔫雏病、鸡蛋爆炸、剔除坏蛋，现在这个项目变成了最差的选择！然后爸爸说道：“看这儿，朱莉安娜。你能看到里面的胚胎。”他把手电筒和鸡蛋拿出来，让我也能看到。

我向鸡蛋里面看去，爸爸说：“看到那个小黑点了吗？在中间，所有脉络汇集的地方。”

“那个像豆子似的东西？”

“就是它！”

忽然间，我体会到一种真实感。这个鸡蛋是有生命的。我迅速地检查了剩余的蛋。它们全部都有一个小小的豆子似的宝宝在里面！它们当然都要活下来。它们当然都能做到！

“爸爸，我能把孵化箱拿进屋子吗？你觉得晚上外面会不会太冷？”

“我正想这么说。你可以去把门打开吗？我帮你搬出去。”

接下来的两个星期，我把时间全用在孵小鸡上面。我给鸡蛋标上A、B、C、D、E和F，可是没过多久它们就有了自己的名字：艾比、邦妮、克莱德、德克斯特、尤尼斯和佛罗伦斯。我每天给它们称重，透光检查，给它们翻身。我甚至认为它们应该听听鸡叫声，有一段时间我真的这样做了，但是鸡叫声太烦人了！还不如给我的安静的小小鸟群哼歌呢，于是我用唱歌取代了鸡叫。很快，我就会不假思索地对着它们唱起歌来，因为在这些蛋周围，我很开心。

我把《养鸡初学者指南》从头到尾读了两遍。为了我的项目，我用图表的形式画出胚胎发育的不同阶段，做了一张巨大的小鸡海报，记录下每天温度和湿度的波动，用一张曲线图表示每只鸡蛋失去重量的情况。鸡蛋们从外面看来很乏味，但我知道里面正在发生什么！

科技展前两天，我对光检查那只叫邦妮的鸡蛋时，发现了某种情况。我把爸爸叫到我房间：“看，爸爸！看看这个！这是不是心跳？”

研究了一会儿，他笑了，说：“叫你妈妈过来。”

我们三个人挤在一起，观察着邦妮的心跳，连妈妈也不得不承认，这实在太神奇了。

克莱德是第一个出壳的。当然，它选择在我马上要去上学的时候。它小小的喙啄穿了蛋壳，当我屏住呼吸等待下文的时候，它开始休息了，休息了很久。终于，它的喙又戳了出来，但是它几乎同时又缩回去休息了。我怎么能扔下它去学校呢？如果它需要我帮忙怎么办？这是个多么正当的待在家里的理由，至少可以多待一会儿！

爸爸试图向我保证，出壳的过程可能会持续一整天，我放学以后还能看到很多东西，但我完全不想听。哦，不——不——不！我想亲眼看着艾比、邦妮、克莱德、德克斯特、尤尼斯和佛罗伦斯它们中的每一只来到这个世界。“我绝不能错过出壳！”我对他说，“一秒钟都不能！”

“那你把它们带到学校去吧，”妈妈说，“布鲁贝克夫人不会介意的。不管怎么说，这是她的主意。”

有时候，有个通情达理的妈妈还是值得的。我只当是早点为科技展做准备就行了，我能做到！我收拾起所有的设备、海报、图表什么的，然后坐上妈妈的车直奔学校。

布鲁贝克夫人一点儿也不介意。她正忙着帮别的孩子准备他们的项目，所以我几乎有一整天时间来观察小鸡孵化的过程。

克莱德和邦妮是最早出壳的。一开始，我有点失望，因为它们只是湿漉漉、乱糟糟地躺在那里，样子又累又丑。

但是等到艾比和德克斯特破壳的时候，邦妮和克莱德的羽毛已经蓬松起来，蠢蠢欲动了。

最后两只小鸡等了很久都没有动静，但布鲁贝克夫人坚持不准我帮忙，最后收到了很好的效果，因为它们正是在科技展的当天晚上才孵出来的。全家人都出席了，虽然马特和麦克只看了两分钟就跑去了别的展位，但爸爸妈妈留下来看完了全过程。妈妈甚至把邦妮捧在手里，拿脸去蹭了蹭它。

展览结束之后，我收拾东西准备回家，这时妈妈问我："这些是不是要送回给布鲁贝克夫人？"

"把什么送回给布鲁贝克夫人？"我问她。

"这些小鸡，朱莉。你不是想自己养着它们吧？"

说实话，我还从来没想过孵化以后的事情。我的注意力一直集中在怎么把它们带到这个世界上。但妈妈说得对——现在它们出生了。

六只毛茸茸的可爱小鸡，每只都有自己的名字，以及——我几乎可以预见到——自己独特的个性。

"我……我不知道，"我结结巴巴地说，"我去问问布鲁贝克夫人。"

我去找布鲁贝克夫人，可我打心眼里希望她不需要把小鸡还给她的朋友。不管怎么说，是我孵化了它们，是我给它们起了名字，是我保护它们远离蔫雏病！这些小鸡是属于我的！

布鲁贝克夫人说，它们当然是属于我的，全都是我的。这让我松了口气，却成了妈妈的噩梦。

"祝你养得开心。"说完，她就急匆匆地跑去帮海蒂拆除她的伯努利定律实验装置了。

回家的路上，妈妈一直很沉默，我能看得出来——她不想要这些小鸡，就像她不想要一台拖拉机和一只山羊。"妈妈，求你了，"当车停下来的时候，我小声央求道，"好不好吗？"

她抚着额头：“我们在哪儿养鸡，朱莉？养在哪里？”

“后院？”我不知道还有什么地方。

“那‘冠军’怎么办？”

“它们能和平相处，妈妈。我会教它的，我保证。”

爸爸轻声说：“它们都是些独立的动物，特瑞纳。”

可是哥哥们又跳出来捣乱：“‘冠军’会在它们身上撒尿，妈妈。”他们忽然之间得到了灵感，“没错！可是你根本不会发现，因为它们本来就是黄色的！”“哇！黄毛——好名字。”“真的！但是，等等——别人会以为这是说我们的肚子上长出了黄毛！”“哦，好吧——忘了它吧！”“是啊，让狗杀掉小鸡吧。”

我的哥哥们瞪大了眼睛瞧着对方，突然又喊了起来：“杀死小鸡！就用这个名字吧！怎么样？”“你是说我们成了小鸡杀手？或者是我们杀了小鸡？”

爸爸扭过头：“出去。你们两个，下车。去别的地方想名字去吧。”

他们走了，只剩下我们三个坐在车里，小鸡们发出细小的叽叽声不时打破平静。终于，妈妈重重地叹了口气，说：“养它们花不了多少钱，对吧？”

爸爸摇摇头：“它们吃虫子，特瑞纳。还要添一点儿饲料。它们很省钱。”

“虫子？真的吗？什么虫子？”

“地蜈蚣、毛毛虫、牛屎虫……也许还有蜘蛛，如果它们能抓到的话。我想它们也吃蜗牛。”

“你确定？”妈妈笑了，“好吧，如果是这样的话……”

“哦，谢谢，妈妈。谢谢你！”

就这样，我们开始养鸡了。我们没有想到的是，六只小鸡捉起虫来不仅清除了家里的害虫，也顺带毁掉了草坪。半年之内，我家院子里就什么也不剩了。

我们也没有想到，鸡饲料不仅招来了老鼠，还招来了猫、野猫。“冠军”很擅长把猫赶出院子，可是它们就在前院和侧院附近徘徊，等“冠军”一打盹，就悄悄潜入院子，扑向软软的鼠灰色小点心。

哥哥们开始捉老鼠了，一开始我以为他们是在帮忙。直到有一天，我听见妈妈在房间里撕心裂肺地尖叫。谜底揭晓，原来他们养了一条大蟒蛇。妈妈疯狂地跺着脚，我猜她想把我们，连带蟒蛇，一股脑儿地全扔出去，但是后来我有了一个惊人的发现——鸡开始下蛋了！美丽、晶莹、奶白色的蛋！一开始，我在邦妮身下发现了一个，然后是克莱德——我当即把它的名字改成了克莱蒂特——佛罗伦斯的窝里还有一个。它们下蛋了！

我奔回屋里拿给妈妈看，她惊愕地看了一会儿，瘫倒在椅子上。“不，”她轻声说，“不要更多的鸡了！”

“它们不是鸡，妈妈……这是鸡蛋！”

她仍然苍白着脸，不说话，我在她旁边的椅子上坐下。她说：“我们没养公鸡啊……”

“嗯。”

她的脸上又有了血色：“确实没养？”

“我从来没听见打鸣的声音，你听到过吗？”

她笑了，“上帝保佑，我忘了数数了，”她直起身，从我手里接过一个鸡蛋，“鸡蛋，哈，你猜它们能下多少蛋？”

“我不知道。”

结果，我的母鸡们下的蛋，我们根本吃不完。一开始我们试着把蛋存下来，可是没过多久，大家就吃腻了各种煮蛋、腌蛋和炒蛋，妈妈抱怨说这些免费的鸡蛋反而成本更高。

一天下午，我去捡鸡蛋的时候，邻居斯杜比太太靠在围栏上对我说：“如果你有多余的蛋，我很愿意买一点儿。”

“真的？”我问。

“当然。散养的鸡蛋是最好的。你觉得两美元一打怎么样？”

两美元一打！我笑了：“没问题！”

“好，那就说定了。什么时候有多余的蛋，就给我送过来。昨天晚上我和赫尔姆斯太太在电话上讨论过，不过我想先来问问你，这样就能保证你优先把蛋给我了，好吗，朱莉？”

“当然可以，斯杜比太太！”

多亏斯杜比太太和隔着三座房子的赫尔姆斯太太，我家的鸡蛋过剩问题得以圆满解决。我本来应该把钱交给妈妈，作为毁掉后院的赔偿，但她只是说：“没用的，朱莉安娜，钱你留下吧。”于是我就理所当然地开始偷偷存私房钱了。

有一天我在去赫尔姆斯太太家的路上，罗斯基太太刚好开车经过。她冲我微笑挥手，我怀着内疚意识到，也许在鸡蛋的问题上，我表现得不像个好邻居。她还不知道赫尔姆斯太太和斯杜比太太向我买鸡蛋的事。也许她以为我只是出于好心才把鸡蛋送给她们。

也许我根本就不应该卖掉鸡蛋，可我还从来没有过一笔稳定的收入呢。

零花钱在我家从来都是随意发放的。爸爸妈妈通常会忘记这事。卖鸡蛋挣钱让我有种隐秘的快感，我可不想让良心破坏掉这种感觉。

但是，我越想越觉得，罗斯基夫人理应得到一些免费的鸡蛋。

她是个好邻居，在我家没钱的时候借我们生活费，在妈妈需要开车出门而车子发动不起来的时候，宁愿自己上班迟到也要送妈妈一程。送她一点儿鸡蛋……虽然微不足道，但这是我力所能及的报答。

毫无疑问，这还给我提供了一个遇到布莱斯的绝好机会。在清晨寒冷的阳光下，他的眼睛一定比平时更蓝。他看着我的样子——脸上的微笑和害羞——那是和我在学校里遇到的完全不同的布莱斯。学校里的布莱斯看上去把自己隐藏得更深。

第三次去罗斯基家送鸡蛋，我发现布莱斯在等我。

他会等在门口为我开门，然后说："谢谢，朱莉，"再加一句，"学校见。"

一切都是值得的。即使赫尔姆斯太太和斯杜比太太后来提高了购买鸡蛋的价格，我仍然觉得值得。因此，六年级、七年级和几乎整个八年级，我都给罗斯基家送鸡蛋。那些最好、最晶莹的鸡蛋被直接送到他家，作为回报，我有机会和全世界最闪亮的眼睛独处几分钟。

这真划算。

后来，无花果树被砍倒了。两个星期之后，“冠军”死了。它大部分的时间都在睡觉，虽然我们不知道它具体的年龄，但是当某天晚上爸爸出去喂它，却发现它已经死了的时候，没有人感到惊讶。我们把它埋在后院，哥哥们为它竖了一个十字架，上面写着：

这里安葬着“神秘小便”

愿它安息

有一段时间我心情低落，头晕目眩。那时候经常下雨，因为不愿意乘校车，我骑自行车上学，每天放学回到家里，我就躲进房间，躲进小说的世界，基本上忘记了捡鸡蛋。

是斯杜比太太让我重新回到正常生活。她打来电话，说在报纸上看到无花果树的新闻，她对此感到遗憾，但是过了这么久，她开始怀念那些鸡蛋，并且担心我的鸡是不是不再生蛋了。“悲伤会使鸟类褪毛，我们不愿意看到这个景象！到处都是羽毛，却看不到一个鸡蛋。要不是对羽毛过敏，我也想养一群鸡呢，不过这没有关系。等你好一些了再把蛋送来吧。我打电话过来只是想告诉你，对于那棵树，我感到很遗憾。还有你的狗。你妈妈说它去世了。”

于是，我回到工作状态。我清理了之前被忽视的鸡蛋，恢复每天捡蛋和清理鸡窝的工作。收集到一定数量，我又开始挨家挨户送鸡蛋了。先是斯杜比太太，然后是赫尔姆斯太太，最后是罗斯基家。站在罗斯基家门口，我意识到自己已经很久没见过布莱斯了。当然，我们每天都在同一所学校里，但我沉浸在其他事物当中，几乎可以算作没看见他。

我的心跳开始加速，当门咯吱一声开了，他的蓝眼睛望向我的时候，我准备好的话全都不见了。我只好说："拿去。"

他接过半箱鸡蛋，说："你知道，你其实不用送给我们……"

"我知道。"我低下头。

我们沉默地站在那儿，时间是破纪录地长。最后，他说："那么，你会回来坐校车上学吗？"

我抬头看着他，耸耸肩："不知道。我从那之后就没有到过那里……你知道的。"

"那里现在看上去没那么糟了。全清理干净了。可能很快就会开始打地基。"

对我来说，实在是太可怕了。

"呃，"他说，"我得准备去学校了，一会儿见。"他笑着把门关上。

不知道为什么，我又在那里站了一会儿。感觉很奇怪，心情莫名地低落。我觉得自己和周围的一切都失去联系了。我是不是应该回到克里尔街等车？我最后还是得去，至少妈妈是这么说的。我是不是在把事情弄得越来越复杂？

门突然打开了，布莱斯匆匆地从屋里出来，手里拿着一个装得满满的厨房垃圾桶。"朱莉！"他说，"你还在这儿干什么？"

他也把我吓了一跳。我也不知道自己在这儿干什么。我慌张得恨不得马上跑回家去，要不是他开始翻弄垃圾，把里面的东西使劲塞进去的话。

我走近了一点儿，"需要帮忙吗？"他看起来都快把垃圾弄得溢出来了。这时，我看到了装鸡蛋的盒子从中露出一角。

那不是随便什么盒子。那是我拿来的盛鸡蛋的盒子。是我刚刚拿给他的。透过小小的蓝色纸板的缝隙，我看到了鸡蛋。

我看看他，又看看鸡蛋，然后说：“怎么了？你把它们扔掉了？”

“是的，”他迅速答道，“是的，我很抱歉。”

他想阻止我把盒子从垃圾里拿出来，却没有拦住。我问：“全都扔了？”我打开盒子，喘着气。六个完整的、完美的鸡蛋，“你为什么要扔掉它们？”

他推开我，绕过屋子走到垃圾箱旁边，我一路跟着他，希望找到一个答案。

他把垃圾倒掉，然后转身面对我：“你对‘沙门氏菌’这个词没有概念吗？”

“沙门氏菌？可是……”

“我妈妈认为我们不能冒这个险。”

我跟着他回到门廊上：“你是说，她不吃这些鸡蛋是因为——”

“因为她不想中毒。”

“中毒！为什么？”

“因为你家的后院就像——嗯，到处都是鸡屎！我是说，看看你住的地方，朱莉！”他指着我家的房子说，“看看吧。那里就像个垃圾场！”

“它不是垃圾场！”我叫道，但是街对面的房子清清楚楚地摆在那儿，让人无法抵赖。我的嗓子忽然堵住了，哪怕说一句话都让我痛苦不已，“你……一直都把它们扔掉吗？”

他耸耸肩，眼睛看着地上：“朱莉，听着。我们不想伤害你的感情。”

“我的感情？你知不知道斯杜比太太和赫尔姆斯太太付钱从我这里买鸡蛋？”

“你在开玩笑。”

“没有！她们付我两美元买一打鸡蛋！”

“不可能。”

“这是真的！我给你的这些鸡蛋，完全可以拿去卖给斯杜比太太和赫尔姆斯太太！”

“哦。”他别开目光，然后，他瞪着我说，“好吧，那你为什么白送给我们？”

我强忍着泪水，但是这很难。我哽咽着说：“我只想对邻居友好一些……”

他放下垃圾桶，然后发生的事让我大脑停止了运转。他搂着我的肩膀，看着我的眼睛，说：“斯杜比太太也是你的邻居，对不对？还有赫尔姆斯太太也是。为什么只对我们友好呢？”

他想说什么？我对他的感觉还不够明显吗？如果他知道，为什么又对我这么狠心，周复一周、年复一年地扔掉我送的鸡蛋？

我不知道该说些什么，一句话也说不出来。我只是望着他，望着他清澈湛蓝的眼睛。

“对不起，朱莉。”他轻声说。

我跌跌撞撞地跑回家，满心尴尬与困惑。我的心已经碎成了片。

Chapter 07

伙计，放松点儿

没过多长时间，我就意识到，我和朱莉安娜·贝克之间的老问题已经完全转化成一系列新问题。从很远的地方我都能感觉到她的怒气。

让她生我的气，比她纠缠着我还要更糟。为什么？因为这完全赖我自己，就这么简单。是我把鸡蛋的事暴露了，把责任推给她家的院子也无济于事。她无视我，或者说，高调地躲着我的方式，就像是大声提醒着我是个浑蛋。一个假惺惺的浑蛋。

一天放学后，我跟加利特分开后走在回家的路上，朱莉站在她家院子里，正在修剪一丛灌木。她狠狠地抽打着，枝条飞溅在她的肩膀上，隔着一条街，我清楚地听到她一个人念念叨叨："不……你……不要！你可以来……找……不管喜欢还是……不喜欢！"

这让我觉得舒服吗？不，朋友，我一点儿也不舒服。没错，她家的院子是一团糟，也确实是时候应该有人出来做点什么了，但是拜托——她爸爸呢？马特和麦克在哪儿？为什么偏偏是朱莉？

我让她觉得尴尬了，这就是原因。我从来没感觉这么糟过。

我悄悄溜进屋里，试图忽略掉这个事实：在我的书桌、我的窗户正对面，朱莉正在抽打一丛灌木。可我没法集中精力。根本不行。我一点儿也做不下去功课。

第二天，我在学校试图鼓起勇气跟她说话，可是完全没有机会。看样子她不会让我靠近她。

回家的路上，我想出一个主意。一开始我被这个想法吓了一跳，但我想得越深，就越觉得可行，没错，帮她整理院子将会一举改变我在她心目中浑蛋的形象。假设她不会把我指挥得团团转，也不会像一块橡皮糖一样黏着我。不，我要勇敢地走上去，对她说，我不想给她留下一个浑蛋的印象，我愿意帮她割草、修枝作为补偿，就是这样。如果我这样做了，而她还生我的气，那我也没办法，那就是她的问题了。

而我的问题在于，我根本找不到机会。我辛辛苦苦地从校车站跑回家，却发现已经有人在替我做好事了——我外公。

我真的被吓到了。一时间，我陷入了迷茫。外公根本不打理院子。至少他从来不在我打理院子的时候帮忙。而且外公常年穿着室内拖鞋——他从哪儿弄来了一双工作靴？还有牛仔裤和法兰绒衬衫——这是怎么回事？

我躲在一户邻居家的树篱下面看着他俩，十到十五分钟的光景，好吧，我越看越生气。几分钟之内，我外公跟她说的话已经超过了这一年半以来住在这里和我说话的总和。他跟朱莉安娜·贝克有什么关系？

爬过两道围栏、踢开邻居家傻乎乎的小梗犬，我悄悄潜回家里，不过这一切都是值得的，起码让我避开了街对面那场庭院派对。

我又一次没做家庭作业。看得越多，我越生气。当朱莉跟外公一起发出笑声的时候，我仍然是个假惺惺的浑蛋。我什么时候看见他笑过？真正的微笑？我根本想不起来！可是现在，他站在及膝的杂草中间，哈哈大笑。

吃晚饭的时候，他出现了，换回平时穿的衣服和室内拖鞋，可是他的样子完全变了。就像有人给他充了电，打开了开关。

“晚上好，”他说，就像他终于发现了我们的存在，“哦，佩西，看上去很好吃！”

“嗯，爸爸，”妈妈笑着说，“看来在对街做的运动对你很有好处嘛。”

“是的，”爸爸说，“佩西告诉我，你一下午都在那儿。如果你想搞个家庭改造运动，完全可以告诉我们啊。”

爸爸只是开了个玩笑，可我觉得外公把它当真了。他盛了一勺奶酪酿土豆，说：“可以把盐递给我吗，布莱斯？”

好吧，爸爸和外公之间确实有种奇怪的紧张感，可是我猜爸爸如果马上转变话题，气氛也就随之改变了。

但是爸爸没有放弃。他反而继续问下去：“那一家终于有人跳出来给院子做点修整了，为什么是那个姑娘呢？”

外公小心翼翼地给土豆撒上盐，然后注视着餐桌这一头的我。啊哦，我想，被揭穿了。电光石火之间，我知道我再也藏不住那些愚蠢的鸡蛋了。整整两年，我偷偷把它们扔进垃圾桶，我避免提起朱莉、她的鸡蛋、她的小鸡，还有她每天早晨的造访，这都是为了什么？现在外公全知道了，我能从他眼睛里看出来。他马上就要揭穿我了，那时候我就有得熬了。

可是奇迹出现了。在外公的凝视下，我一动都不敢动地坐了一分钟，而他转向我爸爸，说：“她就是想这么做了。”

我的额头上汗如雨下，听到爸爸说：“好吧，是该有人做点什么了。”外公把目光转回来看着我，而我知道——他不会让我轻易忘掉这些。我们刚刚经历了一次别样的交谈，这一次他绝不会放过我。

吃完晚饭，我回到房间，可是外公马上跟了进来，关上门，坐在我床上。整个过程悄无声息。门没响、床没响、听不到呼吸声……我发誓，他就像幽灵一样潜入我的房间。

当然，我惊得撞到了膝盖，把铅笔掉在地上，还打翻了一碗果冻。不过我努力保持平静，说：“你好，外公。你是来查岗的吗？”

他把两片嘴唇闭得紧紧的，凝视着我。

我投降了：“好吧，外公，我知道我搞砸了。我应该告诉她的，但我做不到。我一直以为它们不会再继续下蛋了。我是说，一只鸡能连续下多久的蛋？它们在我五年级那年就孵出来了！离现在都三年了！它们的产蛋期不会结束吗？而且，我能怎么做？告诉她我妈妈害怕沙门氏菌感染？还是告诉她我爸爸希望我跟她说我家对鸡蛋过敏？拜托，谁会相信呢？所以我只好一直……嗯……扔掉它们。我不知道她在卖鸡蛋。我以为它们只是多余的。”

他缓缓地点了点头。

我叹了口气，接着说：“谢谢你吃晚饭的时候没有说下去。我欠你一个人情。”

他拉开窗帘，朝对街望去，“一个人的性格是在童年时代养成的，孩子。你现在做出的选择将会影响你的一生。”他静静地站了一会儿，放下窗帘说，“我不想看到你走得太远，却又无法收场。”

“是，长官。”

他皱起眉头：“别对我说‘是，长官’，布莱斯。”他站住了，又加上一句，“想想我说的话，下次面临选择的时候，做出正确的决定。从长远来看，对所有人的伤害都是最小的决定。”

说完，他一阵风似的走了。

第二天放学后，我去加利特家打篮球，他妈妈把我送回家的时候，外公甚至都没注意。他正忙着在朱莉家的院子里充当木匠呢。

我想在早餐台上写作业，可是妈妈下班回来了，在旁边叽叽喳喳地说话，后来利奈特也来了，她们俩开始争论，到底利奈特是不是把自己的妆化得活像一只受了伤的浣熊。

我保证利奈特绝对不会吸取教训。

我收拾东西逃回房间，当然，这根本无济于事。他们在对街开动电锯，发出阵阵哀号声，在电锯切割的间隙，我还能听到锤子乓乓乓的敲击声。

我从窗户望出去，看到了朱莉，她从嘴里吐出钉子，把它们敲进正确的位置。没错。她把钉子排成一排叼在嘴里，就像一排铁做的香烟，同时她抡圆了铁锤，高高地挥过头顶，把钉子打进木桩，就像插进奶油里一样轻松。

有那么一瞬间，我觉得她的锤子仿佛敲在我的脑袋上，然后它像蛋壳一样裂开了。我颤抖着放下窗帘，丢下作业，跑去看电视了。

他们干了整整一星期。每天晚上外公回家的时候总是两颊通红，胃口大开，并且盛赞妈妈的厨艺。然后到了星期六。当外公在朱莉家院子里翻土植树的时候，我绝不想待在家里。妈妈企图说服我去整理自家的院子，可是，当外公和朱莉在对街帮那里脱胎换骨的时候，我在这边给草坪来个微调，岂不是很荒谬？

所以，我把自己反锁在屋里，给加利特打电话。他不在家，我找过的任何一个人都有事要做。央求妈妈或者爸爸开车带我去电影院或者商场肯定没希望了。他们一定会说，我本来应该去整理院子的。

我感觉自己被困住了。

结果，我不由自主地透过窗户傻乎乎地望着朱莉和我外公。这实在很诡异，可我确实这么做了。

而且我被人发现了，是外公发现的。当然，他把我指给朱莉看，这让我在她面前凭空又矮了一头。我放下窗帘，撞开后门，跳过围栏。我非要出去不可。

那天我恨不得走了十里路。我也不知道该生谁的气——外公，朱莉，还是自己。我这是怎么了？如果我想跟朱莉和好，为什么不能直接走过去帮忙？是什么阻止了我？

我来到加利特家门口，上帝，我从来没有那么高兴见到谁。

让加利特帮我忘掉这一切吧。

这正是这位老兄擅长的。我们打篮球、看电视、聊起今年夏天坐水滑梯的事。

当我回到家，朱莉正在给院子洒水。

她看见我了，这也就算了，可是她既不跟我打招呼也没有露出笑容，她什么也没做，她只是转开了目光。

假如是平时，我大概会假装没看见她，或者飞快地挥挥手，然后溜进屋里。可她已经生我的气很久了。自从她撞见我扔鸡蛋的那天起，就再也没有跟我说过一个字。

几天前的数学课上，我冲她微笑，想告诉她我很抱歉，可她彻底地无视我的存在。她没有笑、没有点头、没有任何反应，只是转过头去，再也不看我一眼。

我甚至在教室外面等着跟她说几句话，说什么都行，比如她整修院子的事，或者告诉她我有多难过，但她躲着我从另一个门出去了。在这之后，任何时候我只要一靠近，她就找机会从我旁边溜掉。

现在，她在那里给院子洒水，让我觉得自己像个浑蛋，我受够了。我走上去对她说："院子漂亮多了，朱莉。干得不错。"

"谢谢，"她板着脸说，"大部分都是查特做的。"

查特？我思考着。查特？她是怎么想的，敢叫我外公的名字？

"听着，朱莉，"我努力回到自己的本意，"对我做过的事，我感到非常抱歉。"

她看了我一会儿，然后转过头去继续盯着水雾洒在土地上。

最后她终于开口了："我还是不明白，布莱斯。你为什么就不能直接告诉我呢？"

"我……我不知道。没法解释。我应该告诉你的，而且我不应该说你家院子的坏话。那些话，你知道，真是太过分了。”

我感觉好多了，好了很多。只听朱莉说道：“好吧，也许一切都会好起来的，”她用前脚掌跳了跳，就像原来一样，“这里看上去怎么样？查特教了我很多东西，太棒了。你真幸运，我的祖父母都不在了。”

“哦。”我不知道该说些什么。

“不过，我真为他难过。他肯定还在想念你的外婆。”然后她笑了，摇摇头说，“你能相信吗？他说我让他想起了你的外婆。”

“什么？”

“真的，”她又笑了，“就是这样，不过他说得更婉转。”

我看着朱莉，想象我八年级时外婆的样子，这太难了。我是说，朱莉有一头蓬松的棕色长发，一个长满雀斑的鼻子，而我外婆总是以金发的形象示人，而且外婆以前擦粉。松软的白色粉末，她擦在脸上，头发上，还有鞋子和胸脯……所有的东西上面。

我想象不出朱莉擦上粉是什么样子。好吧，也许可以沾些黑灰色的火药粉末，但是白色的香粉……还是算了。

我想自己一定在盯着她看，因为朱莉说：“瞧，这不是我说的，是他说的。我只是挺高兴听他这么说。”

“是啊，管他呢。哦，祝你的草能活下来。我敢肯定它们会很茂盛的。”我说出来的话让自己都吃了一惊，“我了解你，你连小鸡都能孵出来。”我没有任何别的意思，只是说出我真实的想法。我笑了，她也笑了，我离开她家的时候也是一样——给未来的草坪浇着水，面带微笑。

我已经好几个星期没这么高兴过了。鸡蛋事件终于被我抛在脑后。

我有种如蒙大赦的感觉，解脱并快乐着。

晚餐时分，我花了几分钟的时间才意识到，我是唯一心情愉快的人。利奈特和平时一样闷闷不乐，就不去管她了。而爸爸一上来就因为草坪的事劈头盖脸地骂了我一顿。

“没问题，”我告诉他，“我明天一定去。”

这样一来，我也变得满面愁容。

妈妈对外公说：“爸爸，你今晚很累吗？”

他坐在那里安静得像块石头，我几乎没注意到。

“是啊，”爸爸吃完他面前的饭菜，“那个姑娘让你干了太多活儿？”

外公用餐巾擦了擦叉子，然后说道：“那个姑娘的名字叫朱莉，不，她不像你说的冷酷无情，‘让我干太多活儿’。”

“冷酷无情？我？”爸爸笑了，“你现在对那个姑娘真是情有独钟啊，不是吗？”

有那么一个瞬间，连利奈特似乎都不再噘着嘴了。这是挑衅，人人都看得出来。

妈妈用脚推着爸爸，可是这让事情变得更糟。“不，佩西！我只想知道，为什么你爸爸连跟他自己的外孙玩玩棒球都做不到，却有那么多精力和愿望跟陌生人交朋友！”

哦，是啊！我也这么认为。但我又记起来——我欠外公一个人情，欠他一个巨大的人情。

我想都没想就脱口而出：“冷静点儿，爸爸。朱莉只是让外公想起了外婆。”

所有人都闭上嘴，朝我看过来。于是我看着外公说：“呃……是不是这样，外公？”

他点点头，继续摆弄叉子。

“让你想起蕾妮？”爸爸看看妈妈，再看看外公，“不可能！”

外公闭上眼睛：“她的性格让我想起蕾妮。”

“她的性格？”爸爸说。他就像在跟一个说谎的幼儿园小孩儿对话。

“没错，她的性格。”外公沉默了一会儿，问道，“你们知道贝克家为什么直到现在都没有修整院子吗？”

“为什么？这是明摆着的。他们全是些废物，就是这样。他们有一间破破烂烂的房子，两辆破破烂烂的车和一个破破烂烂的院子。”

“他们不是废物，瑞克。他们是好人，诚实的人，努力工作的人——”

“也是些对自己展现给他人的形象一点儿自豪感也没有的人。他们住在我家对街已经超过六年了，对于现在的状况，他们找不到任何借口。”

“没有吗？”外公深吸一口气，像是在心里权衡了一下，然后他说，“瑞克，告诉我。假如你有一个在心理或者生理上有严重缺陷的兄弟姐妹，或是子女，你会怎么做？”

就像外公在教堂里放了个屁一样，爸爸的脸皱成一团，摇着头，最后说道：“查特，这有什么关系吗？”

外公盯着他看了很久，然后轻轻地说："朱莉的爸爸有个智障的兄弟，而且——"

爸爸打断了他，笑着说："好吧，这很说明问题了，对不对？"

"很……说明问题？"外公轻声地、冷静地问道。

"当然！这足够说明那家人为什么像现在这样！"他笑了，轮番看着我们。

"那是遗传病。"

人人都看着他。利奈特露出惊讶的表情，她头一次语塞了。妈妈说："瑞克！"爸爸只能紧张地笑了笑："我是在开玩笑！我是说，他们家一定有什么地方出了问题。哦，对不起，查特。我忘了，那个姑娘让你想起了蕾妮。"

"瑞克！"妈妈再一次叫道，现在她真的生气了。

"哦，佩西，拜托。你爸爸过分煽情了，他搬出一个不知道在哪里的弱智亲戚，只是想让我因为批评邻居而感到内疚。每个家庭都有每个家庭的问题，可他们还是会收拾好草坪。他们应该对自己的产业有点责任感，哦，真让人受不了！"

外公的脸因为激动而发红，但他的声音一直很平静："那所房子不是他们的产业，瑞克。房主本应该负责房屋的清洁工作，但他没有做到。由于朱莉的爸爸要对他的兄弟负责，所以他们全部的收入都用来照顾他的兄弟了，这显然要花很多钱。"

妈妈的声音很轻很轻："政府部门不管他吗？"

"我不清楚细节，佩西。也许附近没有这样的政府救济部门。也许他们觉得私人陪护对他更好。”

“还是一样，”爸爸说，“政府有相应的救济措施，如果他们不去依靠，那是他们的选择。他家有什么染色体变异的问题并不是我们的责任，我一点儿也不觉得内疚——”

外公一拍桌子，几乎站了起来：“这跟染色体没有任何关系，瑞克！那是由出生时缺氧造成的。”他放低了声音，却让他的话听上去更有说服力了。

“朱莉的叔叔出生时脐带绕颈两周。前一秒钟他还是个完全正常的婴儿，就像你儿子布莱斯一样，后一秒钟他就留下了永久性的创伤。”

妈妈忽然歇斯底里地爆发了。几秒钟之内，她哭得泪如泉涌，爸爸搂着她，试图让她镇静下来，可是没有用。她根本哭得无法自拔。

利奈特扔下餐巾嘟囔着“这个家简直是个笑话”，然后走了。妈妈匆忙地离开房间，用手捂着脸，抽泣着，爸爸跟在她后面，临走时扔给外公一个我从来没见过的凶狠表情。

现在只剩外公和我对着一桌冷掉的食物。“哇，”我终于开口，“我不知道这是怎么回事。”

“他们还没有告诉你。”他对我说。

“什么意思？”

他像块花岗岩一样沉默着，然后靠在桌子上对我说：“你觉得是什么让你妈妈这么难过？”

“我……我不知道，”我挤出一个勉强的笑容，“因为她是女人？”

他几乎不动声色地笑了笑：“不对。她很难过，是因为她知道自己差一点儿就跟贝克先生有一样的遭遇。”

我认真地想了想，然后说道：“她的兄弟出生的时候也是脐带绕颈？”

他摇摇头。

“呃，那是……”

他靠得更近了，低声对我说：“是你。”

“我？”

他点点头：“绕颈两周。”

“可是……”

“给你接生的医生很能干，而且脐带绕得不算太紧，所以他能够在你出生的时候把它松开。你没有在出生的时候被自己勒死，但悲剧很可能就这样发生了。”

如果早几年，甚至早几个星期有人告诉我出生的时候可能被勒死，我一定会拿来开开玩笑，而且我大概会说，是啊，这很好，但是现在，我根本不想跟谁讨论这件事。

但是经历了这么多，我已经接近崩溃了，我的脑子里不能自已地徘徊着一个问题。如果情况不同，我会怎么样？他们会怎样对待我？听爸爸的意思，他不会花太多心思在我身上，这是肯定的。他会把我放在某个精神病院，或其他什么地方，然后忘记我的存在。但我又想，不！我是他儿子，他不会那么做……

他真的不会吗？

我环顾家里的一切——大房子，白色的地毯，古董和艺术品，诸如此类。他们会为了让我过上更好的生活而放弃这一切吗？

我很怀疑，非常怀疑。我会是个让他们难堪的东西，是他们极力想忘掉的东西。我的父母一向看重事物的外在，尤其是爸爸。

外公轻轻地说：“不要去设想没有发生的事，布莱斯。”他仿佛能看到我的想法，又加了一句，“为了他没做的事而谴责他，是不公平的。”

我点了点头，试图平静下来，却仍然思绪万千。他说：“对了，谢谢你刚才帮我说话。”

“什么？”我问，喉咙里感到一阵抽搐和肿胀。

“关于你的外婆。你怎么知道的？”

我摇摇头：“朱莉告诉我了。”

“哦？你终于跟她说话了？”

“是的。实际上，我去跟她道歉了。”

“哦！”

“这让我感觉好多了，不过现在……上帝，我觉得自己又变成浑蛋了。”

“别这样。你道歉了，这才是最重要的。”他站起来说，“我想出去走走。你要跟我一起去吗？”

出去走走？我现在只想回到房间，锁上门，一个人待着。

“我觉得这有助于清空头脑。”他说。我发现这不仅仅是出去走走——而是邀请我和他一起去做点什么。

我站了起来：“好，我们出去吧。”

外公从一个只会对我说“把盐递过来”的人，变成了一个真正健谈的朋友。我们在附近越走越远，我发现外公不只懂得很多，还是个有趣的人。这很微妙。不仅是他所谈及的东西，还有他讲话的方式。我想，这种感觉真的很酷。

在回家的路上，我们经过无花果树曾经屹立的地方，那里现在是一所房子。外公停下来望着夜空，说：“那里一定曾有过壮观的景色。”

我也把头抬起来，头一次发现这里的夜晚能看到星星。“你见过她爬上去吗？”我问他。

“有一次开车经过这里的时候，你妈妈曾指给我看过。她爬得那么高，把我吓了一跳，不过，读了那篇新闻，我明白她为什么要这么做。”他摇摇头，“树被砍掉了，可是她仍然保留着那棵树给她带来的快乐和感动。你明白我的意思吗？”

我很高兴自己不用回答这个问题。他只是笑了笑，接着说道：“有人住高楼，有人在深沟。有人光万丈，有人一身锈。世人万千种，浮云莫去求。斯人若彩虹，遇上方知有。”

走到我家的门廊，外公把手放在我的肩膀上：“很高兴跟你一起散步，布莱斯。我很开心。”

“我也是。”我告诉他。然后我们一起走进屋子。

我们马上意识到，走进了一个战场。虽然没有人叫喊哭泣，但从父母的表情我就能看出来，我和外公出门的时候，这里经历了一次重大危机。

外公悄悄地对我说：“我想，我得去修修这道‘围栏’了。”他走向客厅，去和爸爸妈妈谈一谈。

我对眼前的气氛束手无策。我直接回到房间，关上门，扑倒在床上，陷入一片黑暗。

躺在那儿，我在心里回放着晚餐时的争执。心烦意乱之间，我坐起来，望着窗外。贝克家的房子里亮着灯，街灯亮得刺眼，可是夜幕仍然是一片厚重的黑色。似乎比平时还要暗，也许更沉重。

我靠近窗户，仰望天空，但是看不到一颗星星。

我不知道朱莉有没有在夜里爬上无花果树，坐在满天星斗中间。

我摇摇头。平庸，华丽，或是灿烂。那又怎么样？对我来说，朱莉安娜·贝克从来都是平淡而枯燥的。

我打开台灯，从抽屉里翻出报道朱莉的那份报纸。

和我想的一样——他们恨不得把朱莉写成捍卫国会山的斗士。他们管她叫“来自都市荒原的强大呼声”以及“一座光芒四射的灯塔，阐明了我们的需求：遏制对我们曾经古雅安宁的社区的过度开发”。

饶了我吧。我是说，一个人为了在自己的土地上盖房子而砍掉一棵树，这有什么不对呢？那是他的土地，他的树，他的决定，就是这样。这篇文章让我想吐。

除了文中引用的朱莉自己的话。也许是为了和记者的观点做个对比，但是有关朱莉的部分并不像我想象的那样自伤自怜。我不知道该怎么说，它们看起来……呃，很深刻。坐在树上让她变得非常富有哲理。

奇怪的是，她的话我完全能够理解。她讲述了坐在树上的感觉，还说那不仅仅是空间上的区别。“远离地面，被风吹拂着，”她说，“就像你的心被美撞了一下。”你认识的哪个初中生能说出这种话？反正我的朋友里一个都没有。

不只是这些，她还说了什么整体可以远远大于组成它的各部分之和，以及人们为什么需要某些东西带着他们抽离日常生活，让他们感受到生命的奇迹。

我把关于她的部分读了一遍又一遍，想知道她什么时候开始思考这些东西。我是说，不开玩笑，朱莉安娜·贝克很聪明，但这些东西已经远远超过了功课全A的范畴。

如果我一个月前读到这篇文章，我会把它当成垃圾丢进垃圾箱，但是不知为何，它现在对我有了新的意义。非常有意义。

一个月以前，我也绝对不会注意朱莉的照片，但现在我发现自己正在盯着它看。不是那幅全景照片——那上面的紧急救援装备占的地方比朱莉还大。是另外一张照片，在下半个版面。摄影师大概用了长焦镜头，你能看到她在树上，但只露出肩膀以上的部分。她望着远方，风把头发吹向背后，仿佛她正开着一条船，驶向太阳。

这么多年，我一直躲着朱莉安娜·贝克，从来没有好好看过她的样子，而现在，我忽然无法自拔地凝视着她。这种奇怪的感觉渐渐充斥了我的胃，我不喜欢这样。一点儿也不喜欢。说实话，这种感觉把我吓得够呛。

我把报纸塞在枕头底下，试图提醒自己朱莉安娜·贝克曾经给我带来的痛苦。

可是我的思绪很快就飘向别的地方，没过多久，我又把这份愚蠢的报纸从枕头底下掏出来。

这太疯狂了！我在干什么？

我强迫自己关上灯，躺在床上。心情渐渐平复，好吧，是时候该放松点儿了。

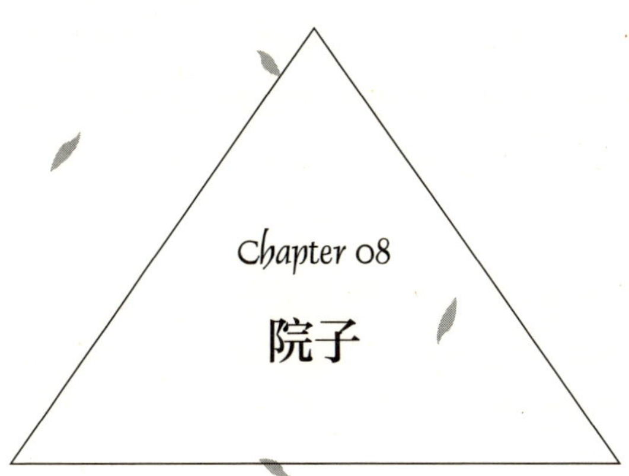

Chapter 08

院子

我从来没有像现在这样，为了我们住的地方而感到羞愧。我从来没有看着我们的房子，甚至是我们住的街道，然后说，哦！我多希望住在新的街区啊——那里的房子比这里新得多，也漂亮得多！我在这里长大，这是我的家。

当然，我意识到院子的问题。多年来，妈妈一直在抱怨它，但并不是认真地抱怨，不值得太过担心。至少我是这么想的。但我也许应该奇怪，为什么把屋子里整理得那么好，却放着院子不管呢？我们的房间整洁得无可挑剔。当然，男孩子们的房间除外。自从发现了蛇，妈妈就彻底放弃打扫那个房间了。如果他们已经成熟得可以养蛇，妈妈对哥哥们说，他们也成熟到足以自己打扫房间了。马特和麦克把这番话理解为关上房门，并且开始坚持只待在自己的房间里。

除了院子以外，我也从来没有认真关心过钱的问题，以及由此导致的明显的物资短缺。

我知道我们不富裕，但我们从来没缺过什么东西。任何你能买到的东西。

马特和麦克确实要求过很多东西，虽然妈妈会对他们说“不，孩子们，我们买不起”，但我总是把它解读成“不，孩子们，你们不需要这个”或是“不，孩子们，你们不是真的需要这个”。直到布莱斯管我的家叫垃圾场，我才真正开始审视它。

不仅仅是院子的问题。还有爸爸的卡车、妈妈的小汽车、家里那辆生满铁锈的自行车，以及我们经常在二手店买东西的事实。还有，我们从来不去度假，从不。

为什么？爸爸是全世界工作最努力的人，妈妈一有时间就去一家公司做文秘工作。假如你只得到这点回报，那么所有的努力还有什么意义呢？

如果我去问爸爸妈妈，我们是不是很穷，就太没礼貌了。但随着日子一天天过去，我越来越觉得自己非问不可，必须去问。每天当我从学校骑着生锈的自行车回家，穿过破旧的围栏和七零八落的院子，我都在想，今晚，今晚我一定要问。

但我从来没有问过。我不知道该如何开口。

有一天，我想到一个办法。一个既能让我提到这个话题，又能给他们帮点小忙的办法。

哥哥们那天晚上在唱片店打工，所以饭桌上没人说话，我深吸一口气，说道：“我在想，嗯，如果给我一些钉子、锤子，也许再来点油漆，我就能把前院整修一下，这大概不难。买草籽要花多少钱？估计不会太贵，对吗？我可以铺一块草坪，也许再种点花。”

爸爸妈妈放下餐具，看着我。

“我会用锯子和锤子——我可以把它当成——嗯，一个家庭作业项目。”

妈妈把目光从我脸上移开，转向爸爸。

爸爸叹了口气，说：“整修院子不是我们的责任，朱莉安娜。”

“它……不是吗？”

他摇摇头：“是芬尼根先生的责任。”

“谁是芬尼根先生？”

“这所房子的主人。”

我简直不敢相信自己的耳朵：“你说什么？”

爸爸清了清喉咙：“房东。”

“你是说，房子不属于我们？”

爸爸妈妈对看了一眼，低声地交谈着，我听不清楚。

最后，爸爸说：“我没意识到你不知道这件事。”

“可是……可是这不对呀！房东不是应该经常过来看看、做点修整吗？比如修理房顶漏水，或者清理堵塞的排水沟？这些活儿总是你来做，爸爸。如果这是他的责任，为什么由你来动手呢？”

“因为，”他叹了口气，“这比让他动手来得更容易。”

“可是如果……”

“还有，”爸爸打断我，“这也能避免他提高房租。”

“可是……”

妈妈靠近我，拉着我的手：“亲爱的，假如这吓到你了，我很抱歉。我们一直以为你知道呢。”

“但是这院子是怎么回事？为什么我们只管屋里不管屋外呢？”

爸爸皱起了眉：“签租约的时候，他向我们保证修缮围栏、前院和后院，在前院铺上草皮。显然，这些他都没做到。”他摇摇头，“这是个大工程，再说修围栏要花不少钱。我没法为了一间不属于自己的房子投入这么多。而且，这是原则问题。”

“可是我们住在这儿，”我小声说，“它看上去太丑了。”

爸爸端详着我：“朱莉安娜，出什么事了？”

“没什么，爸爸。”我说。可他知道我在撒谎。

“亲爱的，”他低声说，“告诉我。”

如果我告诉他，我知道他们会说什么，可我还是不能不说。尤其是他这样看着我的时候。于是，我深吸一口气：“罗斯基家扔了我的鸡蛋，因为他们害怕沙门氏菌感染，而理由是我们的院子太脏了。”

爸爸说：“啊，真是胡扯。”但是妈妈倒吸一口气：“什么？”她尖叫道，“这是佩西说的？”

我低下头：“不，是布莱斯说的。”

“但是他们全家一定都商量过了！一个小男孩不可能想得出这些！”妈妈的样子简直就像一只瞪大眼睛看着枪口的梅花鹿。她把脸埋进手里，说，“我不能容忍再这样下去了！罗伯特，我们必须有所改变。必须！”

“特瑞纳，你知道我已经尽力了。我很对不起你，关于院子，关于我们的现状。这也不是我理想中的生活，但有时你只能为了正确的选择做出一些牺牲。”

妈妈把头抬起来说："这对于我们的家庭来说不是个正确的选择。你女儿现在很难过，就因为我们没有修整院子。"

"这不是我们的院子。"

"你怎么能这么说？罗伯特，睁眼看看吧！我们在这里住了十二年。这里再也不是什么临时住所了！如果我们想找个拥有自家院子的好一点儿的住所，如果我们想送孩子们读大学，或者实现别的我们曾经答应过他们的事，就必须把他送去接受政府救济。"

爸爸深深地叹了口气，低声说："我们已经讨论过很多次，特瑞纳。到头来你还是会同意，把他放在格林海文是个正确的选择。"

我很想说，等等！你们在说什么？你们说的是谁？但他们说得很快，我根本插不上嘴，没过多久，他们就激烈地争吵起来，根本无视我的存在。

后来，在我的潜意识里，忽然一切都一目了然了。他们讨论的是我爸爸的兄弟——我的叔叔——戴维。

对我来说，戴维叔叔只是个名字。爸爸妈妈曾经说起过他，我却从来没有亲眼见过。虽然我知道爸爸经常探望他，却从来不知道具体的时间。他也从未提起过。

爸爸认为，我们不应该对别人谈起戴维叔叔，因为他有智障。

"人们总喜欢过早下结论，"他告诉我，"他们总爱通过联想，认定你也有什么毛病。相信我，一定是这样的。"

因此，我们从不提起他。不在家里提，也不在朋友面前提。就像戴维叔叔这个人不存在一样。

直到现在为止。他现在似乎变得越发重要起来，从他们的争论中，我发现是因为他，我们才买不起自己的房子；因为他，我们才买不起漂亮的车和其他昂贵的东西。他成了父母头上笼罩着的那团阴云。

为什么我一开始要提起院子的事？我还从来没见过父母吵得这么凶。

从来没有过。我想拉开他们，说：别吵了！别吵了！你们还爱着对方！是的！但我只是坐在那里，任凭泪水流过脸颊。

妈妈突然停下来，小声说："我们不应该当着她的面吵架！"

"对不起，朱莉安娜，"爸爸走过来拉起我的胳膊，"别哭了。这不是你的错。我们能解决，我向你保证。"

妈妈泪眼蒙眬试图挤出一个微笑："我们总能找到办法的，我们一直都能得到。"

那天晚上，爸爸妈妈分别来到我的房间，找我聊天。爸爸谈起他的兄弟，告诉我他有多爱他，他是怎么对父母保证一定会照顾好他。妈妈说起她有多爱我爸爸的坚强和善良，说起梦想和现实，说凡事都要看到光明的一面。当她吻着我说晚安，在我耳边轻轻地说我是她最好最珍贵的财富时，我又忍不住哭了。

我觉得自己对不起爸爸，对不起妈妈。不过最幸运的是，他们是我的爸爸妈妈。

早上起来，当我骑着生锈的自行车去上学的时候，我暗下决心，要在放学之后开始整修院子。不管是不是租来的，这是我们的家，我只想让家人过上更好的生活。

结果，想着容易做起来难。一开始，我花了半个小时的时间，才从车库里找到锤子、一盒钉子、一把电锯和几把修枝剪。然后又花了半个小时用来决定到底从哪儿入手。院子里杂草丛生，但我该拿边缘的灌木怎么办呢？是把它们拔掉，还是修剪成形？

还有，它们到底是灌木，还是长疯了的杂草？围栏怎么办？我是拆掉它，还是再立一排新的？也许我应该把前面的全拆掉，用木头修补侧面的部分。

时间越长，我越是忘记了初衷。干吗自找麻烦呢？这不是我们的房子。应该留给芬尼根先生去修理。

但接下来我又想起前一天晚上妈妈的话。当然，我想，一点点灌木和杂草难不倒妈妈最好最珍贵的财富！我一定行！

我这样想着，挥起修枝剪投入工作。

半个小时以后，我充分了解到，一棵灌木到底有多少根枝条，以及当我把它砍倒扔到院子中央的时候，体积会呈几何级数增长。这太可怕了！我把这些东西放到哪儿去呢？

妈妈回到家，试着劝我结束战斗，可我决不放弃。哦，不——不——不！

我已经砍倒了两棵灌木，肢解成合适的大小，过不了多久她就会发现——这个院子将会变得多么美丽。

“我还以为你没有遗传到我固执的个性。”她说。不过她回到屋子里给我端来一杯果汁，还在我脸上亲了一下。这就足够了！第一天结束的时候，我把院子弄得一团糟。不过，如果混乱是给我的小窝建立秩序的必要步骤，那我正走在正确的道路上。至少那天晚上，当我筋疲力尽倒在床上的时候，是这样告诉自己的。

第二天下午，我忙着扩大小窝的混乱程度，一个低沉的声音说道："真是个浩大的工程，年轻的女士。"

站在人行道上的是布莱斯的外公，我认识他。不过我只在户外见过他一次。其他时间我都是透过窗户看到他的——不是他家客厅的窗户，就是车窗。对我来说，他只是个有着深色头发、戴眼镜的老头儿。

见到他出现在人行道上，就像见到某个电视明星走下银屏跟你说话一样。

"我知道我们时常见面，"他说，"很抱歉，过了一年时间我才过来做自我介绍。我是查特·邓肯，布莱斯的外公。而你，没错，你一定是朱莉安娜·贝克。"

他伸出手，我也摘下工作手套，然后看着自己的小手完全淹没在他的大手里面。"很高兴见到你，邓肯先生。"我心想，比起从客厅窗户后面看到的人影，他本人要高大多了。

这时，奇怪的事情发生了。他从兜里掏出自己的工作手套和一把修枝剪，说："你是不是想把它们修剪成一样的高度？"

"哦，"我说，"呃，是的。我是这么打算的。不过现在我也不太确定。你觉得如果把它们都拔掉，会不会更好？"

他摇摇头说："这些是澳大利亚茶树。修剪后会很漂亮。"

说着，他戴上手套，开始修枝。

一开始我不知道该对他说点什么。有他来帮忙，真是件奇怪的事，可是看他的表现，我似乎不该多想。咔咔咔，他不断地剪着，似乎真的很享受这个过程。

我想起布莱斯对我家院子的评价，突然间，我明白他为什么要来帮我了。

“怎么了？”他边说边把剪下的枝条扔进我剪下的那一堆里，“我是不是剪得太多了？”

“没……没有。”

“那你为什么是这副表情？”他问，“我不想让你不自在。我只是觉得你需要一点儿帮助。”

“呃，我不需要。我自己能行。”

他笑了，说：“哦，我完全相信。”然后继续剪枝，“听着，朱莉安娜，我在报纸上读到你的消息，还在对街跟你做了一年多的邻居。很明显，你是个能干的孩子。”

我们一起安静地工作了一会儿，但我发现自己剪下枝条的速度越来越慢。没过一会儿，我就受不了了。我真的受不了了！我扳过他的肩膀，问道：“你来帮我，只是为了鸡蛋的事，对不对？好吧，我们的鸡蛋一点儿问题也没有！我家已经吃了快三年了，没人中毒。斯杜比太太和赫尔姆斯太太看起来也很健康，最关键的是，假如你们不想要，就应该跟我说一声！”

他的手垂下去，摇了摇头：“鸡蛋？中毒？朱莉安娜，我不明白你在说什么。”

我心里又生气又伤心又难堪，因此都不像平时的我了。“我说的是鸡蛋，我给你们送了两年的鸡蛋——自家的鸡下的蛋，我留着没有卖掉！是被你家扔掉的那些鸡蛋！”我对着他大声叫嚷。我从来没有这样对人嚷过，更别说是对着一个成年人。

他的声音放得特别轻：“我很抱歉。我不知道鸡蛋的事。你把它们给谁了？”

“布莱斯！”说出他名字的时候，我感到嗓子又缩成一团，“布莱斯。”

邓肯先生缓缓地点头，说了句：“好吧，”然后继续剪枝，“难怪会是这样。”

“这是什么意思？”

他叹了口气：“那个孩子还有很长的路要走。”

我愣愣地看着他，把到了嘴边的话咽下去。

“哦，毫无疑问，他是个英俊的孩子，”他皱着眉头说，折断一根树枝，他补充道，“跟他爸爸是一个模子里刻出来的。”

我摇摇头：“你为什么来这儿，邓肯先生？如果你认为我不需要帮助，也不是为了鸡蛋的事道歉，那你为什么来帮忙呢？”

“要我说实话吗？”

我直视他的眼睛。

他点点头说：“因为你让我想起我太太。”

“你太太？”

“是的，”他微微一笑，“蕾妮肯定会和你一起坐在树上。她大概会在上面坐一整夜。”

听到这句话，我的愤怒消失得无影无踪："真的？"

"当然。"

"她……她去世了？"

他点点头："我很想她，"他扔下一根树枝，轻轻地笑出声来，"没有什么比得上一个聪慧的女人能让你生活得更愉快。"

我从来没想过和布莱斯的外公交朋友。但是在晚饭之前，我已经非常了解他和他太太了，知道了很多他们在一起经历的奇遇，仿佛我们已经认识了很久。

听他讲故事，连工作都变得更轻松了。晚上，当我回到屋子里的时候，灌木全修剪好了，除了院子中央扔着的一堆树枝，它看上去漂亮多了。

第二天，他又来了。我笑着和他打招呼："嗨，邓肯先生。"

而他笑着回答我："叫我查特，好吗？"他看着我手中的锤子说，"我想今天要修围栏了？"

查特教我怎么把木桩打成一条直线，怎么握住钉锤的末端，而不是满把攥，怎么用水平仪来保证灌木立得笔直。我们花了好几天时间修围栏，一边干活一边聊天。不光是聊他太太。他想知道无花果树的故事，当我告诉他"整体大于部分之和"的时候，我认为他完全能理解。"人们也是一样，"他说，"不过对人来说，有时候整体小于部分之和。"

我觉得这太有趣了。第二天，我在学校观察那些我从小学就认识的同学，想看看他们到底是大于还是小于部分之和。查特说得对，大部分人是小于。

位居其首的，当然是雪莉·斯道尔斯。看着她，你会以为她拥有一切，但在她珠穆朗玛峰一般高耸的发型之下，其实什么智慧也没有。虽然她像黑洞一样吸引着别人靠近，可是用不了多久，他们就会发现做她的朋友非得使劲拍她的马屁才行。

但是，所有的同学中，我唯一无法判断的就是布莱斯。直到不久之前，我都坚定地认为，他大于——远远大于——他的部分之和。他对我来说，是个完全无法用语言描述的奇迹。

可是，这里的关键在于“无法用语言描述”。当我在数学课上望着教室那头的他，就不由自主地想起他如何扔掉我的鸡蛋，再次陷入崩溃。他怎么能做得出这种事？

然后，他看到我，露出了笑容，我又不那么确定自己的感觉了。我开始生自己的气。

为什么在他做出那么过分的事之后，我对他还有这种感觉？

在这之后的一整天，我都躲着他，不过放学以前，我觉得就像有一团火，在我心里左冲右突。我跳上自行车，用前所未有的速度冲回家。右脚的踏板擦着链套，叮当作响，整架自行车吱扭作响，仿佛快要坍塌成一堆废铜烂铁。

可是，当我把车停在家门口的车道上，心里的火却越烧越旺。我只好把骑车的动力转化成刷漆的动力。撬开爸爸买给我的那桶“纳瓦霍”白色油漆，我开始刷漆。

十分钟之后，查特出现了。“上帝啊，”他笑了，“你今天真是精力充沛，是不是？”

“不，”我说，用手背把头发别到耳朵后面，“我只是生气。”

他拿出自己的油漆刷和一个空咖啡罐子：“哦，生谁的气？”

“我自己！”

“啊，那可够麻烦的。考试考砸了？”

“不是！我……”我转身面对着他，“你是怎么爱上你太太的？”

他倒了一些油漆在咖啡罐子里，露出了微笑。“啊哈，”他说，“少年维特之烦恼。”

“我没有什么烦恼！”

他犹豫了一下，没有争下去，而是对我说：“我爱上她是一个错误。”

“错误？什么意思？”

“我不是有意的。那时候我和另一个姑娘订婚了，按理说没有资格坠入爱河。后来我发现自己之前是多么盲目，好在还不算太晚。”

“盲目？”

“是的。我的未婚妻非常美丽。她有着最迷人的棕色眼睛，天使般的皮肤。那时，我只看到了她的美貌。但是后来……好吧，这么说吧，我发现她根本比不上蕾妮。”他把刷子伸进咖啡罐，拣了个木桩刷起来，“当你回首过去，会发现这是很明显的事，也很容易做出抉择，但不幸的是，大多数人看到藏在表面之下的真相时，已经太晚了。”

我们都不说话了，但我知道查特在思考。从他眉头的皱纹，我知道他不是在想我的问题。“我……我很抱歉提起你太太。”我说。

“哦，别这样，这没什么。”他摇摇头，试图挤出一丝笑容，“还有，我不是在想蕾妮。我在想其他人。一个从来也没能看穿表象的人。此时此刻，我甚至不希望她能看得太清楚。”

他说的是谁？我真的很想知道！可我想这大概不太礼貌，所以我们安静地刷着油漆。终于，他转过身，对我说：“超越他的眼睛、他的笑容和他闪亮的头发——看看他到底是什么样子。”

我感到后背升起一股凉气。仿佛他什么都知道。忽然间，我有种抵触情绪。他是说他的外孙不值得我这样？

晚饭时间到了，我的心情还是很差，但至少，胸中的那团火已经熄灭了。

妈妈说爸爸要加班，哥哥们在他们的朋友家，因此晚饭只有我们两个人吃。妈妈告诉我，她和爸爸讨论过查特的事，他们都觉得他过来帮忙有点奇怪。也许，她说，他们应该想办法付钱给他。

我告诉她，查特可能会把这当成一种侮辱，但是第二天她还是跟他说了付钱的事。查特说：“不用了，贝克夫人，我很高兴能给你女儿的家庭作业项目帮上忙。”然后再也不听妈妈说一个字了。

一星期过去了，周六的早晨，爸爸上班之前装了整整一车的枯枝碎叶。查特和我花了一天时间锄草、松土，预备好用于播种的土壤。

就在这最后一天，查特问我：“你们不会再搬家了吧？”

“搬家？为什么这么说？”

“哦，昨天晚餐的时候，我女儿提起了这种可能。她说你们修整房子可能是为了卖掉它。”

虽然工作的时候我和查特聊过很多事情，如果不是他问起我们会不会搬家，我大概不会提起芬尼根先生、戴维叔叔以及院子被搞成一团糟的原因。既然他问了，我就一股脑儿地全告诉了他。尤其是关于戴维叔叔。这种感觉就像朝着风中吹散一朵蒲公英，看着细小的种子随风飘散。我为爸爸妈妈感到骄傲，看着修整一新的前院，我也为自己感到骄傲。

还有后院，等着瞧吧！之后我也许会把整座房子粉刷一新的。我能做到。一定能。

查特听了我叔叔的故事，没有说话。午餐的时候，妈妈给我们送来了三明治，我们坐在门廊上，吃得很安静。然后他打破平静，朝对街一抬下巴："我不知道他为什么不过来跟你说句话。"

"谁？"我问，把目光投向对街他指的地方。布莱斯房间的窗帘迅速滑了下来，我忍不住问他，"是布莱斯？"

"这是我第三次发现他在偷看。"

"真的？"我的心跳得就像一只振翅欲飞的小鸟。

他皱着眉头："我们把活儿干完，来种草吧？日光的热量有助于它们发芽。"

终于到了给院子播种的时刻，我很兴奋，可是布莱斯的窗户分散了我的注意力。他在偷看吗？整整一下午，我都不好意思承认自己偷看了多少次。我想查特也看出来了，当工作全部完成，看着一个焕然一新的漂亮院子，我们相互祝贺的时候，他说："他现在就像个懦夫，不过我对他还抱有希望。"

懦夫？我能说些什么呢？我只好一手拿着水管，一手扶着阀门，傻傻地站在那儿。

后来，查特跟我花了很长时间告别，挥着手，向对街走去。

几分钟以后，我看见布莱斯走上他家门前的人行道。一开始，我没认出来。我以为他这段时间只是躲在屋子里往外看，他真的走到外面来了吗？我又开始感到尴尬了。

我转过身，背对着他，把注意力集中在浇水上面。我真是个傻瓜！百分之百的傻瓜！刚开始生自己的气，我就听到有个声音在说："这儿看上去漂亮极了，朱莉。干得不错。"

那是布莱斯在说话，他就站在我家的车道上。突然，我不再生自己的气了。我开始生他的气。他怎么像个监工似的站在那儿对我说，干得不错？想想他对我做的一切吧，他没有资格说任何话。

我正想用水管浇他，只听他说："我为我做过的事情向你道歉，朱莉。这件事，你知道……我做得不对。"

我看着他——直视他湛蓝的眼睛。我试着用查特教我的方法——试着看到他的内心深处。表象下面是什么？他是怎么想的？他真的感到抱歉吗？或者他只是为他说过的话感到抱歉？

就像直视着太阳，我不得不把目光转向一边。

我不记得后来我们说了些什么，只知道他很友好，他让我很开心。布莱斯走了以后，我关上水龙头，走进屋子，感觉非常非常奇怪。

那天晚上，我辗转反侧，无法入睡。最糟糕的是，我根本说不清自己到底为了什么而沮丧和不安。当然，这和布莱斯有关，但我为什么不单单是生气？他做过的事情是多么……恶劣。还有，为什么开心？为什么我感到的除了开心还有别的？

他来到我家。他站在我家的车道上。他说了些动听的话。我们都笑了。

但我不是生气，也不是开心。当我躺在床上，试图理解这一切，我发现心中的不安甚至压倒了沮丧。我觉得好像有人在监视自己。我被自己吓得够呛，从床上跳起来，把窗户、橱柜和床底下都检查了一遍，但这种感觉始终还在。

直到将近午夜，我才明白那是什么。

是我自己，我在监视自己。

Chapter 09

越变越大，越变越臭

周日早上，我醒来的时候，觉得自己像是得了一场重感冒。我好像刚刚做了个梦，就像发烧时脑子里涌出的恐怖、费解、难以名状的噩梦。

我发现自己必须学会摆脱这些恐怖、费解、难以名状的梦，试着忘记它们的存在。

整晚我都挣扎着想摆脱它，第二天，我起得很早，因为昨天晚上几乎没吃东西，已经饿坏了！去厨房的路上，我匆匆地向客厅看了一眼，发现爸爸睡在沙发上。

这是个不好的兆头。它意味着家庭战争还没有结束，让我变得像个自己领土的侵入者。

他翻了个身，哼哼着，在又小又薄的被子下面蜷缩得更紧了，冲着枕头咕哝着，听上去绝对不是什么好话。

我溜进厨房，给自己倒了一大碗玉米片。正要倒牛奶的时候，妈妈悄无声息地溜进厨房，抢走了牛奶。“你得再等一会儿，年轻人，”她说，“周日的早餐，全家人必须一起吃。”

“可是我快饿死了！”

“我们也是。出去吧！我要做薄饼，而你应该去洗个澡。走吧！”好像洗澡能遏制住即将到来的饥饿感似的。

我下楼朝浴室走去，发现客厅已经没人了。

被子叠起来放在扶手椅上，枕头不见了……刚才我看到的仿佛只是一场梦。

吃早餐的时候，爸爸表现得一点儿也不像在沙发上睡了一夜。没有眼袋，没有胡茬。他穿上一条网球裤和一件淡紫色的Polo衫，头发吹得像工作日时一样。

我个人认为他衣服的颜色有点娘，不过妈妈说：“你今天看起来很精神，瑞克。”

爸爸只是猜疑地看着她。

外公进来了，说：“佩西，满屋都是香味！早上好，瑞克。嗨，布莱斯。”他坐下的时候朝我使了个眼色，把餐巾铺在膝盖上。

“利——奈——特，”妈妈喊道，“吃——早——饭——了！”

姐姐现身了，穿着短得不能再短的迷你裙、松糕鞋，眼睛涂抹得活像一只浣熊。妈妈倒吸一口凉气，但她深呼吸一下，说：“早上好，宝贝。你……你看起来……我想你今天早上是要和朋友一起去教堂吧。”

“是的。”利奈特拉着脸，在桌边坐下。

妈妈端上薄饼、煎蛋和土豆煎饼。爸爸一动不动地坐了一会儿，最后还是抖开了餐巾，塞在领子上。

“好吧，”妈妈坐下的时候宣布，“针对现在的情况，我想出了一个解决办法。”

“开始了……”爸爸嘟囔着，但妈妈瞪了他一眼，他马上不说话了。

“这个办法是……”妈妈边给自己拿了两张薄饼边说，“我们请贝克一家来吃饭。”

爸爸脱口而出：“你说什么？”利奈特问：“请他们全家？”我插进去问：“你是当真的吗？”只有外公又盛了一个煎蛋，然后说：“佩西，这是个好主意。”

“谢谢，爸爸，”她微笑着答道，然后对利奈特和我说，“我当然是认真的，是的，如果朱莉和男孩子们愿意，他们也在被邀请之列。”

姐姐大笑起来：“你知道自己在说什么吗？”

妈妈在膝盖上摊平餐巾：“我想我马上就知道了。”

利奈特转过头看着我：“她想邀请‘神秘小便’的核心成员来吃饭——哦，我真盼着快点看到那个场面！”

爸爸摇了摇头：“佩西，你请他们吃饭有什么目的？没错，我昨晚确实说了些不该说的话。这是你对我新一轮的惩罚吗？”

“我们几年前就该这么做。”

“佩西，拜托。我知道你为你听到的事情感到难过，但一次尴尬的晚餐聚会也改变不了什么！”

妈妈把糖浆倒在薄饼上，卷起最上面的一张，舔舔手指，然后狠狠地盯着爸爸：“我们要请贝克家来吃饭。”

她一定要这么做，不用再说什么了。

爸爸做了个深呼吸，然后叹着气说：“好吧，随便你，佩西。别说我没提醒你。”他咬了一口土豆煎饼，含混地说，“我想，是请他们过来烧烤？”

“不，瑞克。一次正式的晚餐。就像招待你的客户一样。”

他停止咀嚼：“你指望他们正装出席？”

妈妈瞥了他一眼：“我指望的是，你像我一贯以为的那样，表现得像个绅士。”

爸爸埋头对付他的土豆煎饼，总比和妈妈争论来得安全。

利奈特吃掉一整个煎蛋的蛋白，外加几乎一整张薄饼。

当然，这没什么稀奇，但从她比平时吃得更多以及咯咯傻笑的样子来看，显然她至少心情不错。

外公吃得很多，但我不知道他在想什么。他又恢复成像块石头那么冷。而我则意识到，这顿饭可能远比想象的更为诡异——它可能会带来麻烦。那些腐坏的鸡蛋从墓穴里爬出来，悬在我头上，越来越大，越来越臭。

当然，外公知道这件事，可是其他家庭成员还不知道。假如吃饭的时候有人提起怎么办？那我就死定了。

吃完早饭，刷牙的时候，我考虑收买朱莉。把她争取过来，就不会有人提起鸡蛋的事了。也许我可以想办法破坏掉这顿饭。让它永远也别发生。没错，我可以——我阻止自己再往下想，盯着镜子。我到底有多懦弱？吐了口唾沫，我回到房间里找我妈妈。

“怎么了，亲爱的？”她一边刷着煎锅，一边问我，“你看起来有心事。”

我又巡视了一圈，确定爸爸和利奈特没有潜伏在附近，然后压低了声音说：“你保证替我保密吗？”

她笑了：“哈，我不知道。”

我等着她往下说。

“是什么……”她看着我，停下手上的活儿，“哦，看起来挺严重嘛。亲爱的，怎么啦？”

我已经有很长时间没有自发地向妈妈坦白交代过什么事了。似乎没有这个必要，我已经学会怎么搞定自己的事。至少我是这么想的。但现在不一样了。

她拉住我的胳膊说：“布莱斯，告诉我。发生什么事了？”

我跳起来坐在餐台上，深吸一口气，然后说道：“是朱莉的鸡蛋。”

“她的……鸡蛋？”

“是的。你还记得那次关于小鸡、母鸡、沙门氏菌的小插曲吗？”

“那是很久以前的事了，不过我当然记得……”

“呃，可你并不知道，朱莉不止送过那一次鸡蛋。她那时每周都送过来……差不多吧。”

“是吗？我怎么不知道？”

“好吧，我没告诉她我们不想要这些鸡蛋，又怕爸爸生我的气，所以每次都把鸡蛋拦下来。我看着她过来，赶在她按门铃之前开门，然后在别人发现她来过之前，把鸡蛋扔进垃圾箱。”

“哦，布莱斯！”

“呃，我以为它们总有一天会停止下蛋！一只愚蠢的母鸡能下多长时间的蛋？”

“但我听说它们不再下蛋了呀？”

“是的。从上个星期开始。因为朱莉撞见我把鸡蛋扔进屋外的垃圾箱。”

“哦，亲爱的。”

“就是这样。”

“那么，你是怎么跟她说的？”

我低下头，嗫嚅着：“我告诉她，我们害怕沙门氏菌感染，因为他家的院子实在太脏了。她哭着跑了，接下来，她就开始整修她家的院子了。”

“哦，布莱斯！”

“就是这样。”

她沉默了一会儿，然后用很轻的声音说：“谢谢你的诚实，布莱斯，这印证了很多事。”她摇着头说，“那家人会怎么看我们。”然后继续刷锅，“如果你想听我的意见，那么这越发说明我们必须请他们吃顿饭。”

我低声说：“你保证不把鸡蛋的事说出去，对吗？我是说，朱莉告诉了外公，所以他已经知道了，但我不想让更多的人知道，你明白的，比如说爸爸。”

她盯着我看了半天，然后说：“向我保证你记住了这次教训，亲爱的。”

“我记住了，妈妈。”

“那好吧。”

我大大地松了口气：“谢谢你。”

“哦，还有，布莱斯。”

“嗯？”

“你把这件事告诉我，我很高兴。”她在我脸颊上亲了一下，然后笑着说，“你是不是保证过今天修剪草坪？”

“是的。”说着，我向屋外跑去，准备开始干活。

晚上，妈妈宣布贝克一家会在周五晚上六点过来，晚宴的菜单包括水煮三文鱼、螃蟹海鲜饭，以及时蔬炖菜，谁也不许临阵脱逃。爸爸嘟囔着说，假如真要请他们吃饭，还不如来一次庭院烧烤，至少他有事可做，可是妈妈狠狠地瞪着他，让他不得不打消这个念头。

好吧，他们就要来了。这让我在学校见到朱莉的时候，感觉更不自在了。并不是说她开始兴高采烈，甚至冲我挥手挤眼。不是的，她又开始躲着我了。碰巧遇到我的时候，她会打个招呼，但不像从前，我每次都能在身边看到她，现在她基本从我眼前消失了。她一定是从后门偷偷溜出去，并且找到了一条能穿行在校园里却又不为人知的路。我不知道，但她就像是人间蒸发了。

我发现自己上课的时候看着她。老师正在讲课，每个人的眼睛都应该向前看……除了我。它们总是忍不住瞟向朱莉，这太奇怪了。这一秒钟我还在听课，下一秒钟我已经完全把头转过去，看着朱莉。

直到星期三的数学课上，我才明白是怎么回事。她的头发在肩膀上披散开，歪着头，看起来和报纸上的照片一模一样。不完全一样——不同的角度，也没有风吹拂着她的头发——可她看起来就和照片上一样，太像了。

想通了这件事，我沿着脊梁骨升起一股凉意。我很好奇——她在想什么？她对根式推导真有那么大的兴趣吗？

我盯着她的事被达拉·特莱斯勒发现了，上帝，她冲我露出了一个不怀好意的笑容。如果我不想点办法，流言蜚语就会像野火一样传遍学校了。于是我侧过头对她小声说："她的头发里有只蜜蜂，傻瓜。"然后指着空气，仿佛在说，看到了吗？就在那儿。

达拉转着头寻找那只蜜蜂，而我在那天剩下的时间里努力收回我的注意力。我绝不想跟达拉·特莱斯勒这样的人纠缠下去。

晚上写作业的时候，只是为了证明自己错了，我又把报纸从垃圾桶里抽出来。一边把它抹平，一边告诫自己：这是扭曲的事实；这是我的想象；她根本不是那样……

但她就在那里。数学课上和我隔着两排的姑娘，正栩栩如生地出现在报纸上。

利奈特闯了进来。"我要用你的卷笔刀。"她说。

我啪的一下用活页夹盖住报纸："你应该先敲门！"她走近我，而报纸仍然很醒目，我只好尽可能迅速地把活页夹匆忙地塞进背包。

"你在藏什么，小弟弟？"

"没什么，别再叫我小弟弟了！而且再也别想闯进我的房间！"

"给我卷笔刀，我就走。"她伸出手。

我从抽屉里翻出来扔给她，果然，她如我所愿地消失了。可是没过多久妈妈就喊我过去，然后，好吧，我忘记报纸还放在活页夹里。

直到第二天早上第一节课为止。上帝！我能怎么办呢？我没法站起来把报纸扔出去，加利特就在旁边。

除此之外，达拉·特莱斯勒也在教室里，我敢说——她可时刻注意着那些任性的蜜蜂呢！被她抓住把柄的话，我就惨了。

像平常一样，加利特凑过来拿一张纸，因为心里有鬼，我按住了他的手。

“哥们儿！”他说，“你怎么回事？”

“对不起。”我这才明白他只不过想拿一张横格纸，而不是那张报纸。

“哥们儿，”他又说了一遍，“知不知道你最近老是魂不守舍的？有人告诉过你吗？”他从我的活页夹里撕下一张纸，却看到了报纸的边缘。他看看我，我还来不及阻止，他猛地把它抽了出来。

我朝他扑过去，从他手里抢下来，但是已经晚了。他看到了照片。

在他开口之前，我恶狠狠地盯着他说：“给我闭嘴，听见没有？不是你想的那样。”

“哇哦，放松点，好吗？我什么都没想……”但我明明看出他脑子里正在盘算些什么。他假惺惺地冲我一笑，“我相信你一定有个完美而充足的理由来解释你为什么随身带着一张朱莉安娜·贝克的照片。”

他的语气把我吓坏了。就像他正预备着怎么把我放在全班同学面前嘲笑一番。我凑在他耳边说：“别说出去，行吗？”

老师叫我们俩安静点，但加利特还在不停地冲我傻笑，还朝着活页夹的方向挑起眉毛做鬼脸。课后，达拉假装表现出冷淡而专注的样子，实际上则是竖起耳朵对准我们。她让我一整天都心神不宁，也就根本找不到机会向加利特解释。

不过，我能跟他说什么呢？报纸之所以在活页夹里，是因为我不愿意被我姐姐看见？那可真是个好理由。

除此之外，我也不想为此找一些蹩脚理由。其实我很想找加利特聊聊。我是说，他曾经是我的朋友，而最近几个月以来，有太多的事让我心烦意乱。我想，如果跟他聊聊，也许能帮我回到正轨，帮我别再想这些烦心事了。在这方面，加利特足够可靠。

还不错，社会科学课上，我们有时间去图书馆查阅资料，准备写著名历史人物的论文。达拉和朱莉也在这个班，但我想办法把加利特单独拉到一个角落里，避开别人的注意。

一到没人的地方，我就开始为了小鸡的事痛骂起加利特。

他冲我晃晃脑袋："哥们儿！你在说什么呢？"

"你还记得那次我们去她家隔着围栏偷窥吗？"

"六年级那次？"

"没错。记得你问我什么是母鸡吗？"

他转转眼睛："哦，又来了……"

"嘿，关于小鸡，你什么也不懂。我把命都交给你了，可你根本没把我当回事。"

我对他讲了爸爸、鸡蛋、沙门氏菌的故事，还有我怎么拦截了将近两年的鸡蛋。

他只是耸耸肩，说："就这样呗。"

"嘿，可是她抓住我了！"

"谁？"

"朱莉！"

"哇哦，哥们儿！"

我告诉他我当时是怎么说的，以及她几乎马上开始在整修前院的故事。

"好吧，然后呢？她家院子乱成那样，并不是你的错。"

"但是后来我才发现，那所房子根本不是他们家的。他们很穷，因为她爸爸有个智障的弟弟，他们需要，呃，付钱抚养他。"加利特向我露出一个十足的傻乎乎的笑容："智障？好吧，那能说明很多问题，不是吗？"

我不敢相信自己的耳朵："什么？"

"你知道的，"他说，还挂着那个笑容，"我是说朱莉。"

我觉得心脏开始怦怦乱跳，下意识地握紧拳头。自从我学会不主动惹上麻烦以来，头一次想把别人臭揍一顿。

但我们是在图书馆。除此之外，我心里忽然闪过一个念头，如果我真的揍了他，他就会马上告诉所有人，说我爱上了朱莉安娜·贝克，可我没有！

于是，我摆出一副笑脸，说："哦，好吧。"然后迅速找了个借口，能离他多远就离他多远。

放学后，加利特问我要不要去他家玩，可我一点儿兴趣也没有。我还是想揍他一顿。

我试着说服自己放弃这个念头，但我连五脏六腑都在生这个家伙的气。

伙计，他已经超出了我的底线，超出了很多。

可我没法把这件事彻底抛到脑后，因为，另一个挑战我底线的人，是我爸爸。

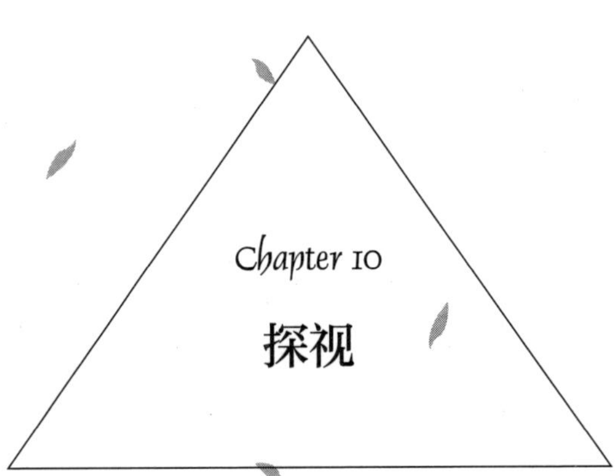

Chapter 10 探视

星期天的早晨，家里总是一片祥和。爸爸在睡懒觉，妈妈享受着不做早饭的轻松。如果哥哥们不在外面和乐队一起练习，直到中午你都不会感受到他们的存在。

我通常会在别人睡觉的时候，踮起脚尖溜到院子里捡鸡蛋，然后倒上一碗麦片，回房间坐到床上边吃边看书。

不过，这个星期天例外——经历了几乎一整夜的沮丧和不安——我醒来后只想做点运动，用来赶走盘踞在心中的困惑。

我真正想做的是高高地爬上我的无花果树，但我最终满足于给院子浇水，这让我有时间思考。我拧开水龙头，反复地浇灌着泥土，欣慰地看到它们是多么黝黑肥沃。我在心里忙着跟播在土里的草籽说话，引诱它们快快发芽，好迎接初升的太阳。这时，爸爸从屋里走出来。

他刚刚洗过澡，头发湿漉漉的，手里捏着团成一团的杂货袋。“爸爸！对不起，我把你吵醒了。”

“你没吵醒我，亲爱的。我已经起来一会儿了。”

“你不是要去上班吧？”

“不，我……”他盯着我看了一会儿，然后说道，“我去探视戴维。”

“戴维叔叔？”

他朝卡车走去：“是的。我……我中午之前回来。”

“但是爸爸，为什么今天去看他？今天是星期天。”

“我知道，亲爱的，可今天是个特殊的星期天。”

我关上水龙头：“为什么特殊？”

“今天是他的四十岁生日。我想去看看他，送他一件礼物。”他拿出一个纸袋，“别担心，我会带些薄饼回来当午饭，好吗？”

“我跟你一起去。”我把水管扔到一边。我甚至连衣服都没换——只穿着运动服和球鞋，连袜子都没穿——但我根本没有犹豫，我一定要去。

“你不愿意待在家里，和妈妈一起度过一个愉快的上午吗？她肯定——”

我走到副驾驶座旁边，说：“我要去。”然后爬进去，把门关好。

“可是——”他透过驾驶座的门对我说。

“我要去，爸爸。”

他端详着我。片刻，他说：“好吧，”然后把纸袋放在后座，“我给你妈妈留张便条。”

他进屋去了，我系上安全带，告诉自己这是个好主意。我几年前就应该这么做。戴维叔叔是我家的一分子，是爸爸的一部分，也是我的一部分，这正是我了解他的好机会。

我端详着身边的纸袋。爸爸给他弟弟带去了什么东西作为四十岁生日礼物？

我把它拿起来。不是画——比画轻很多。当我摇晃它的时候，发出一种奇怪的、轻柔的咔嗒声。

我刚想偷偷掀起一角往里看，爸爸就从门口走过来了。我放下纸袋坐好，他坐进驾驶座，我问他："你不介意我去吧？"

他看着我，没有说话，手里的钥匙停在打火的位置。

"我……我希望不会破坏掉你和他在一起的时光。"

他发动车子："不会的，宝贝。你跟我一起去，我很高兴。"

去往格林海文的路上，我们没怎么说话。他似乎想看看风景，而我，好吧，我有很多问题，但哪个也不想问出口。不过，坐在爸爸车里的感觉真好。沉默比交谈更紧地把我们联系在一起。

到了格林海文，爸爸停下车，但我们没有马上下去。

"你需要适应这里，朱莉安娜，但你会喜欢上这里的。你会喜欢上他们，他们都是很好的人。"

我点点头，但有种奇怪的恐惧感。

"来吧，"他从座位上拿起纸袋，"我们进去吧。"

对我来说，格林海文不像个医院，但也不怎么像个家。它是个长长的、方方正正的建筑。走廊遮着一层湖绿色的遮阳篷，沿途的花圃里是刚刚种下的三色堇，还挂着泥土，有点歪歪斜斜的。

草坪有些斑驳，邻近建筑物的地方挖了三个深深的洞。

"这里的住户负责照料花园，"爸爸解释说，"这是他们康复训练的一部分，对治疗有帮助。这些洞将要用来种植桃子、李子和梨。”

“果树？”

“是的。为了投票，他们争得不亦乐乎。”

“在这些……住户当中投票？”

“没错，”他推开一扇玻璃门，说道，“进来吧。”

屋里很凉爽，闻起来有清洁剂的松木味和漂白剂的气味，还隐隐透出某种暧昧的辛辣味道。

没有接待台或是等待区，我们直接走到一处巨大的十字路口，有着白色的墙壁和窄窄的木头长凳。左边是一间摆着电视机和几排塑料椅子的大房间，右边是几间开着门的办公室，我们身边放着两个松木衣橱。其中一个开着门，里面整齐地挂着半打灰色运动服。

“早上好，罗伯特！”一间办公室里传来一个女人的声音。

“早上好，乔西。”爸爸回答道。

她从屋子里走向我们俩，说：“戴维已经起床了。大概六点钟就起来了，梅布尔告诉我今天是他的生日。”

“梅布尔说得对。”他转身对我笑了笑，“乔西，我想向你介绍我的女儿，朱莉安娜。”

“朱莉安娜，这位是乔西·格伦马克。”

“哦，太好了，”乔西牵起我的手，“我在戴维的相册里见过你的照片。你快要读高中了，对不对？”

我惊讶地看着她，再看看爸爸。我完全没想到会是这样，不过我能看出他确实向她提起过我。“是的，我想……是的。”

“乔西是这儿的管理员。”

“以及，”乔西笑着补充道，“我还没有从这里毕业！在这儿待了十七年啦，恐怕还会再待下去。”电话铃响了，她匆匆地跑去接，“知道了，一会儿见。检查娱乐室，再查查他的房间。你肯定能找到他。”

爸爸带我转过一个弯，沿着走廊走得越深，那种隐蔽的辛辣味道来得就越浓烈。这地方就像是长年累月没人打扫的小便池。

走廊的尽头，一个小个子蜷缩在轮椅里。一开始我以为那是个孩子，走近一点儿，我发现那是个女人。

她的头发几乎掉光了，她张开没牙的嘴，对爸爸笑了笑，拉过他的手开始说话。

我的心沉到谷底。她发出的声音就像喉咙被堵住一样，消失在舌头上。她说的话我一句也听不懂，而她那么热切地盯着爸爸——好像他肯定能理解她说的话。

出乎我的意料，爸爸说：“你说得完全正确，梅布尔。就是今天，所以我来了。”他提起杂货袋，低声说，“我给他带了一点儿小礼物。”

“嗯——哇哇，”她说，“你怎么知道的？”

她冲爸爸发出咯咯的声音，直到他轻轻地拍着她的手说：“我想是一种强烈的预感吧。他喜欢过生日，而且——”他看到她正在注视着我。

“呼哈。”她说。

“这是我女儿，朱莉安娜。朱莉安娜，来认识一下非凡的梅布尔小姐。她能记住每个人的生日，而且狂热地喜爱草莓奶昔。”

我努力挤出一个微笑，低声说“很高兴认识你”，但只换来一张充满怀疑的、面带愁容的脸。

“好吧，我们去找戴维了。”爸爸说，然后拿起袋子晃了晃，“假如他来找你，千万别泄密哦。”

我跟着爸爸走向卧室，他在门口停下来喊道：“戴维？戴维，我是罗伯特。”

一个男人出现在门口。我无论如何也看不出他是爸爸的兄弟。他身材健壮，戴着一副厚厚的棕色眼镜，他的脸看上去苍白而肿胀。可是他伸出双手抱住爸爸，并且喊道：“乌巴德！哟吼！”

“是的，是我，弟弟。”

我跟着他们走进房间，看到墙上挂满了拼图。它们是直接贴在墙壁上的，甚至延伸到天花板上！房间看上去舒适而惬意，充满情趣。我觉得自己仿佛置身于一个用绗缝被搭成的洞穴。

爸爸伸直手臂扶着他的弟弟，说道：“看看我带谁来了！”

有那么一瞬间，戴维看起来几乎吓坏了，可是爸爸接着说：“这是我的女儿，朱莉安娜。”

戴维的脸上忽然绽开了笑容，“朱——维——安——娜！”他喊着，然后抓住我，给了我一个拥抱。

我觉得自己快要窒息了。我的脸被埋住，他紧紧地搂着我，把空气都挤走了，还左右摇晃着。然后，他傻笑着松开我，跌进一把椅子：“这是窝——的——身——日！”

“我知道，戴维叔叔。生日快乐！”

他又咯咯地笑了："歇——歇——你！"

"我们给你带来了礼物。"说着，爸爸打开纸袋。

在他拆开礼物之前，在我看到礼物实际的尺寸之前，我想起在车里摇晃它的声音。当然！我心想。那是一幅拼图。

戴维叔叔也猜到了："一幅宾——图？"

"不只是拼图，"爸爸把礼物从袋子里拿出来，"一幅拼图，还有一个风车。"

爸爸在拼图盒子外面包了一张漂亮的蓝色包装纸，还用一个蝴蝶结把红黄相间的风车固定在盒子上。戴维叔叔一把扯下风车，开始朝它吹气。先是轻轻地吹，然后使劲地吹起来，喷出许多口水。"橙——设！"他边吹边喊，"橙——设！"

爸爸温柔地从他手里拿过风车，笑了："红色和黄色加在一起是橙色，对不对？"

戴维试图把风车抢回去，但是爸爸说："我们一会儿带着它到外面去，风会替你吹动它。"并把拼图放回他手里。

包装纸被撕成碎片扔在地上，我凑近去看爸爸给他买了什么拼图，结果惊得倒吸一口凉气。三千块！图案只是简单的白云和蓝天。没有阴影，没有树木——除了白云和蓝天什么都没有。

爸爸指着天花板中心的一点："我想它正好适合那里。"

戴维叔叔向上看去，点点头，然后扑向他的风车，说道："外——面？"

"没问题。我们去散步吧。你想去麦克艾略特那里吃个生日冰激凌吗？"

戴维叔叔把头上下晃动着：“好！”

我们在乔西那里登了记，然后走到大街上。戴维走得不快，因为他的身体似乎更希望向内伸展，而不是向前进。他有内八字，还驼着背，我们走路的时候，他几乎是重重地压在爸爸身上。

但他坚持把风车放在胸前，看着它旋转，时不时喊着：“橙——设，橙——设。”

麦克艾略特是个卖冰激凌的杂货铺。冰激凌柜台上支起红白条纹的遮阳篷，还放着几张白色的桌椅，贴着红白条纹的壁纸。看上去非常有节日色彩，尤其是放在杂货铺这个环境下。

爸爸给我们每人要了一个蛋筒，我们坐下之后，爸爸和戴维聊了两句，但是大多数时间戴维一心想着他的巧克力软糖口味的冰激凌。爸爸不时冲我露出微笑，我也笑了，但我仿佛和他隔了很远。他们俩来这里吃过多少次冰激凌了？他这样为他弟弟庆祝过多少次生日了？梅布尔、乔西以及格林海文的其他人，他认识他们多久了？这么多年，我怎么从来没来陪伴过我的叔叔？仿佛爸爸背着我过着一种秘密的生活。在我之外，还有一个完整的家。

我不喜欢这种感觉，我不明白。我正在生气，这时戴维手里的蛋筒碎了，冰激凌落在桌子上。

爸爸还没来得及制止，戴维已经把冰激凌捡起来，试着往蛋筒里塞。但是蛋筒已经碎成了块，于是冰激凌又掉下来，不过这次掉在了地上。

爸爸说：“别动它了，戴维。我再给你买一个。”但戴维不听。他的椅子向后倒，他把头也跟着埋下去。

“不要，戴维！我去给你买个新的。”爸爸伸出手去拉他，但戴维不肯动地方。他抓起冰激凌，向蛋筒剩下的部分塞过去，当蛋筒最底下也完全碎裂之后，他尖叫起来。

这太可怕了。他就像一个两百磅重的婴儿，倒在地板上发脾气。他喊着我听不懂的词，爸爸试着让他平静下来，然后对我说：“朱莉安娜，你能再帮他买一个蛋筒吗？”

看柜台的男人用他最快的速度装着蛋筒，但短短几秒钟之内，戴维已经挥舞着手臂打翻了一张桌子和两把椅子，把巧克力抹得到处都是。收银台的柜员和顾客看上去全都吓呆了——仿佛戴维是某种即将毁灭世界的怪物。

我把新的蛋筒递给爸爸，他又递给躺在地上的戴维。当他坐在地上吃蛋筒的时候，我和爸爸在他身边忙着把所有东西放回到它们应该在的位置，擦掉污迹。

回格林海文的路上，戴维就像什么都没发生过一样。他吹着风车，不时喊道“橙——设”，但是当爸爸打开前门时，我看出戴维已经累了。

走进他的房间，戴维把风车放在床上，拿起装拼图的盒子。“你为什么不先休息一会儿再开始玩呢？”爸爸问他。

戴维摇了摇头：“先——在。”

“好吧，我来帮你做好准备。”

爸爸从床底下拉出一张牌桌，把桌腿打开，摆好。他把桌子推到墙边离床不远的地方，然后拿来一把椅子放在旁边：“好了，可以开始了。”

戴维打开盒子，已经把拼图筛了一遍：“则——个——拼——读——粉——好，乌巴德。”

“你喜欢它，我很高兴。你觉得能在星期三之前拼好吗？那时我可以回来帮你把它贴到天花板上，如果你喜欢的话。”

戴维点了点头，可是他已经全身心投入拼图，小心地把拼图放在桌子上。

爸爸把手放在他的肩膀上：“我星期三再来看你，好吗？”

他点点头。

“你要不要和朱莉安娜告别？”

“百——拜。”他说，不过目光根本没离开那盒拼图。

“再见，戴维叔叔。”我试图让自己的声音愉快一点儿，但是没有做到。

回到车上，爸爸扣上安全带，说道：“就是这样。”

我只是看着他，试图笑一笑。

“你是不是跟我一样，累极了？”他说。

我点点头：“一切都很好——除了冰激凌。”

爸爸轻轻地笑了：“除了冰激凌？”然后他换上严肃的语气，“问题在于，你永远也不知道这‘冰激凌’会是什么样子。有时候是屋里的一只苍蝇，有时候是他穿袜子的感觉。你没法预料到每一件事。一般说来，冰激凌还算安全。”他摇着头，闭上眼睛，思考着我无法想象的什么东西。最后，他终于把火打着，说道：“戴维和我跟你妈妈一起住过一段时间。在你们出生之前。曾经以为，他和我们住在一起总比寄养在这里强，但我们错了。”

“但是不管怎么说，现在一切都很顺利……”

他挂上倒车挡：“戴维有许多许多的特殊需求，包括情绪上和生理上的。你妈妈和我无法全照顾到。幸运的是，他在这里很快乐。他们有固定的方法，教他如何照顾自己——穿衣服、洗澡、刷牙，怎样与人相处，怎样与别人交流。他们出去远足，他还有个工作，是帮医生办公室寄信。”

“真的？”

“每天早上，他去那里把信折好，放进信封里。格林海文对他很好，他得到了无数无微不至的关心。他有自己的房间、自己的朋友、自己的生活。”

过了一会儿，我说道：“但他是我们家的一分子，爸爸。他从来不到我家做客，这是不对的。甚至圣诞节和感恩节都不来！”

“他不想来，亲爱的。有一年你妈妈和我坚持要他在家和我们一起过感恩节，那变成了你能想象得到的最大的麻烦。他打碎了一扇车窗，他是那么沮丧。”

“可是……我们为什么不来探望他？我知道你经常来，但我是指其他人。他们为什么不来？”

“嗯，他们的耐心被消耗殆尽了。你妈妈因此非常沮丧和抑郁，我能理解。我们都认为，这里不适合小孩子。”

他加速上了高速公路，沉默地开着车。他最后说道：“时间过得真快，朱莉安娜。前一天你还把孩子抱在怀里，后一天你就发现她几乎变成一个女人了，”他悲哀地对我笑了笑，“我爱戴维，但他是个负担，我希望你能远离这个负担。但是现在，我意识到他还是造成了影响，对你，以及整个家庭。”

“但是爸爸，这不是……”

“朱莉安娜，我只想说，对不起。我想给你很多东西，把所有都给你。直到现在我才发现，我给予的却只有那么少。”

“不是这样的！”

“好吧，我想你明白我已经在内心世界寻找到我想要的东西，但如果用客观的标准去衡量，作为一个丈夫和父亲，像罗斯基先生那样的男人显然比我做得更好。他陪伴家人的时间更多，给予的更多，而且他也许比我有趣得多。”

爸爸既不是在违心地恭维，也不是出言赞赏，但是，我仍然不敢相信这是他的真心话：“爸爸，我不在乎别人怎么看，我觉得你是最好的爸爸！有一天我要结婚的话，绝对不想找个罗斯基先生那样的男人！我想找个你这样的人。”

他看着我，露出难以置信的表情：“真的吗？”他笑了，“好吧，等到那一天，我会提醒你的。”

从那一刻开始，我们的旅途不再充满悲伤和压抑。我们笑啊，闹啊，天南地北地聊，快到家的时候，话题集中在一种东西上。

薄饼。

可是，妈妈有别的打算。她擦了一上午地板，坚决否定了薄饼这个主意。“我需要吃些更管用的食物。比如烤火腿加奶酪，加上洋葱，”她说，“很多很多洋葱！”

“擦地板？”爸爸说，“今天是星期天，特瑞纳。你干吗要擦地板呢？”

“化紧张情绪为力量，”她看着我说，“怎么样？”

“很好，我很高兴我去看他了。”

她瞥了爸爸一眼，然后看着我：“好吧，那很好，”她叹了口气，“我擦地板还有一个原因，佩西打电话过来了。”

“罗斯基太太？”爸爸问道，“出什么问题了？”

妈妈把碎发拨到耳后，说：“没有……她邀请我们下周五去她家吃饭。”

我们错愕地看着她，然后我问：“我们全家？”

“是的。”

我能猜到爸爸是怎么想的：为什么？在对街住了这么久，我们从来没被邀请过。为什么是现在？

妈妈也猜到了他的想法。她叹了口气：“罗伯特，我不是很清楚原因，但她坚持邀请我们去做客。她说话带着哭音，说她很抱歉从未邀请过我们，现在她很想多了解我们一些。”

“你怎么回答她的？”

“我几乎没法拒绝。她人很好，查特又帮了很大的忙……”她耸耸肩，“我说我们会去的。周五晚上六点。”

“真的吗？”我问。

她又耸耸肩："我想这也不错。虽然有点奇怪，但还不错。"

"哦，好吧，"爸爸说，"周五我不会安排加班了。男孩子们呢？"

"那天没有关禁闭的记录，也不用去打工，但我还没有告诉他们。"

"你确定他们想邀请我们全家？"爸爸问道。

妈妈点点头："她很坚持。"

看得出来，去罗斯基家吃晚饭的事让爸爸很不自在，但我们俩都知道，这个邀请对妈妈来说意义重大。"好吧。"他说完就去切奶酪和洋葱了。

下午，我懒散地看看书，做做白日梦。第二天在学校，我无法集中精力。我的思绪总是飘到戴维身上。我想象着爷爷奶奶的样子，他们怎样应对一个像他这样的孩子。

我的白日梦里也有许多无花果树的身影，一开始，我以为那是出于哀伤。然后我想到妈妈对无花果树的评价，说它是坚韧的象征。它还是树苗的时候就被损坏过，最终却生存下来了，它长大了。别人觉得它丑，我却从不这样认为。

也许是甲之熊掌，乙之砒霜。我认为很丑的东西，说不定别人却认为很美。

雪莉·斯道尔斯就是个完美的例子！对我来说，她完全一无是处，可是其他人却认为她棒极了。

管他呢。

好吧，我就这样浑浑噩噩地过了一周，直到周四为止。社会科学课上，我们去图书馆查资料，准备著名历史人物的论文。我选了苏珊·B.

安东尼和她为选举权所做的斗争为题目，正在翻书的时候，达拉·特莱斯勒站在书架的尽头冲我做手势。

达拉跟我选了几门同样的课，但我们不算真正的朋友，我向身后看了看，以为她在招呼别人。

“过来！”她用口型说，拼命地向我挥着手。

我急忙走过去。她指着一排书后面，小声说：“你听！”

那是加利特的声音，然后是布莱斯。他们谈论的是……我。关于我的鸡，还有沙门氏菌感染，关于布莱斯怎么扔掉我的鸡蛋，以及我如何整修我家的院子。

布莱斯的声音显得很难过，但是，突然间，我全身的血液一下子冻住了。他在说戴维！

然后加利特笑了：“智障？好吧，那能说明很多问题，不是吗？你知道的……我是说，朱莉。”

他们沉默了一会儿。那一刻，我几乎可以肯定他们能听到我怦怦的心跳声，但是布莱斯笑了，他说：“哦，是啊。”

我结结实实地瘫倒在地上。下一秒，他们的声音就消失了。达拉看了看那个角落，然后坐在我身边，说：“哦，朱莉，我非常非常抱歉。我还以为他要坦白他曾经暗恋过你呢。”

“什么？达拉，布莱斯没有暗恋过我。”

“你怎么了？你难道看不出他盯着你的样子？那孩子早就坠入爱河无法自拔了。”

“哦，绝对没有这回事！你刚刚听到他说了，达拉！”

“是的，但是昨天，就在昨天我撞见他盯着你，他说你头发里有只蜜蜂。一只蜜蜂，姑娘。这是不是你听过最糟糕的借口？”

“达拉，你刚才亲耳听到了，我宁愿相信我的头发里真的有只蜜蜂。”

“哦，你以为自己有那么甜？像蜂蜜似的招惹蜜蜂吗？好吧，蜜糖，你能招惹到的唯一一只蜜蜂就是布——莱——斯。真有趣，是不是。但是听到刚才的话，我真想杀了他，姑娘，杀了他。”她站起来，走了出去，又回过头来说，“别担心，我不会多嘴的。”

我只是摇摇头，忘掉达拉的话吧。她错得太离谱了。

我不能忘记的是布莱斯和加利特的话。他们怎么能如此残忍？如此愚蠢？这是不是爸爸成长中时常遇到的事？

我想得越多就越生气。布莱斯有什么权利拿我叔叔寻开心？他敢！

我的脸颊热得像一团火，而心脏像是被打了一个又冷又硬的结。电光石火之间，我明白了——我从布莱斯·罗斯基那里毕业了。让他继续和那双湛蓝眼睛做伴去吧。还有他那假惺惺的笑容，以及……我的初吻。没错！让他留着它好了。我再也不会跟他说话了，永远不会！

我风风火火地跑回书架前，找到两本有关苏珊·B.安东尼的书，然后回到桌子旁边。收拾东西准备离开图书馆的时候，我忽然想起一件事。明天我们要去罗斯基家吃晚饭。

我拉上书包拉链，甩到肩膀上。经历了这些，我当然有权拒绝去他家！不是吗？

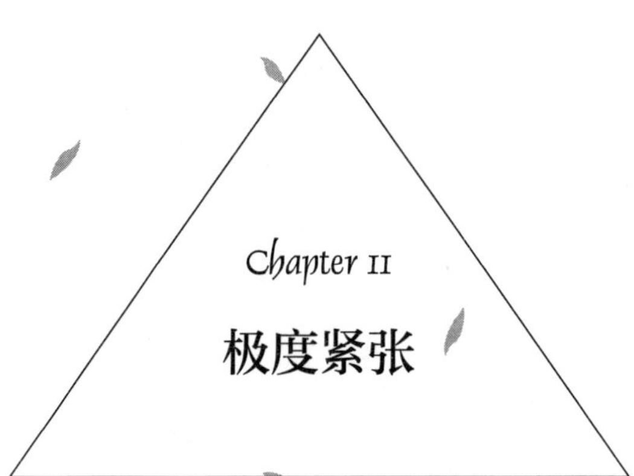

Chapter 11

极度紧张

我发现爸爸对幽默感的理解力与加利特差不多，这让我陷入了极度紧张中。

只要看到爸爸，我就坐卧不安，更别提跟他说话了。但是在星期五下午五点钟左右，我至少在一件事上和他达成共识——我们还不如组织一次烧烤。烧烤给人的感觉会更加，嗯，非正式。可惜，妈妈正在厨房里煎炒烹炸，忙得团团转，指使爸爸和我做这做那，仿佛即将来用餐的是总统大人。

我们擦了地板，给桌子多加了一张活动面板，搬进五把椅子，还摆了桌子。当然，我们摆得错误百出，可是妈妈也不过是把所有的东西重新折腾了一遍。对我来说，这没什么不同，不过反正我什么也不懂，对吧？

她拿出几座烛台，说："瑞克，你能不能帮我装盘上菜？我想抓紧时间去冲个澡。做完这些你就可以换衣服了。还有布莱斯，你穿的这是什么？"

"妈妈，不过是和贝克一家吃饭。你想让他们觉得自己一文不值吗？”

“特瑞纳和我约定要正装出席，因此——”

“但为什么要正装？”

妈妈把手放在我的肩膀上说：“为了让我们感到一样的不自在，孩子。”

女人哪。我看着她说道：“这是否说明我得打上一条领带？”

“不用，但至少换下T恤衫，穿件带纽扣的上衣。”

我回到自己的房间，在衣柜里巡视着，想找到一件带纽扣的。

好吧，有不少衣服都有纽扣。我有的是奇怪的纽扣。我在心里幻想着抵制妈妈的着装要求，但手里却拿起衬衫开始往身上穿。

二十分钟后，我还没穿好衣服。我非常不满，穿成这样有什么意义呢？我为什么要在意为这顿白痴的晚饭穿什么衣服？我表现得活像个姑娘。

透过窗帘的缝隙，我看到他们过来了。出了院门，走过人行道，穿过大街。就像个奇怪的梦境。他们仿佛飘向我家的房子。他们五个人。

我从床上捡起一件衬衫，把胳膊穿进去，系上扣子。

两秒钟以后，门铃响了，妈妈喊道：“你能去开门吗，布莱斯？”

幸好，外公替我开了门。他跟他们全家打着招呼，就像见到了久别重逢的亲人，甚至分得清马特和麦克。他们一个人穿了件紫色衬衫，一个人穿了件绿色的，所以记住谁是谁并不难，可是他们一进门就捏着我的脸说：“嘿，小弟弟！最近可好？”我十分气恼地发现自己又把他们搞混了。

妈妈从厨房出来，说："进来，快进来吧。你们全家都来了，这太好了，"她喊道，"利——奈——特！瑞克！客人来了！"

她看到朱莉和贝克太太的时候顿了一下，"呃，这是什么？"她问道，"家里做的派？"

贝克太太说："黑莓奶酪山核桃蛋糕。"

"看起来真棒！太棒了！"妈妈表现得过于亢奋，我不太相信她的话。她接过朱莉手中的派，飞快地拉着贝克太太进了厨房。

利奈特从角落里冒出来，马特和麦克看见她就笑了："嘿，利。今晚真漂亮。"

黑衬衫，黑色指甲油，黑色眼影——对于夜行啮齿类动物来说，是的，确实不错。

他们去了利奈特的房间，当我转过身，外公正领着贝克先生走进前厅，我被留在玄关和朱莉在一起。只有我们两个。

她没有看我。她似乎看过了每一样东西，但就是不看我。我感觉自己像个白痴，穿着带奇怪纽扣的古板衬衫呆站在那儿，两颊凹陷，无话可说。这种沉默让我紧张，心脏在狂跳，就像刚跑完百米赛跑或是打过一场篮球什么的。

最重要的是，她看起来甚至比那张白痴报纸上的照片还像照片，不知道这样说你是否能明白。不是因为她今天穿着正装——她没有。她穿了一条普普通通的连衣裙和一双普普通通的鞋子，头发也和平时一样，也许比平时稍微平顺一点点。而是因为，她看着所有的东西却不看我。她把肩膀扭过去，抬着下巴，眼睛闪闪发亮。

我们可能只在那儿站了五秒钟，感觉上却像过了整整一年。终于，我开口说：“嗨，朱莉。”

她瞥了我一眼，一切都清楚了——她在生气。她小声说：“我在图书馆听到你和加利特拿我叔叔开玩笑，我不想和你说话！你明白吗？不是现在，是永远！”

我的脑子飞速地运行着。当时她在哪儿？我没在附近看到她呀！

还有，她是自己听到的，还是从别人嘴里听到的？

我想告诉她，那不是我，那是加利特，全是加利特的错。但她没等我开口，就跑进前厅找她爸爸去了。

于是我站在这里，后悔当初不如在图书馆就把加利特揍一顿，这样朱莉就再也不会跟一个拿智障人士开玩笑的家伙同班了。这时爸爸出现了，他拍拍我的肩膀：“好吧，派对进行得如何，孩子？”

说曹操曹操到。我真想把他的手从我肩膀上打下来。

他上身朝前厅探去，说：“嘿，她爸爸把自己弄得挺干净嘛，是不是？”

我摆脱了他的手：“贝克先生的名字是罗伯特，爸爸。”

“是啊，好吧，我知道他叫什么。”他搓着手说，“我想必须得过去跟他们打个招呼。一起来？”

“不，妈妈也许要我过去帮忙。”

不过，我并没有进厨房。我站在那儿，观察贝克先生和爸爸握手。看着他们在那里谈笑风生，我却被一种奇怪的感觉包围。不是因为朱莉——而是我爸爸。站在贝克先生旁边，他显得很小。是身材上的小。

跟贝克先生下巴的轮廓相比，爸爸的脸看上去有点狡猾。这不是你想要的对爸爸的感觉。小的时候，我总觉得爸爸永远是对的，世界上没人比得上他。但站在这儿看着他，我意识到贝克先生想打败他就像按扁一只虫子一样简单。

可是，他的举止还要更糟。看看他和朱莉的爸爸故作亲切的样子吧——就像是在看他撒谎。对贝克先生、对朱莉、对我外公——对所有人。他干吗表现得像个可怜虫似的？他为什么不能显得正常点儿？好吧，或者说，有教养一点儿？他干吗非要假惺惺地演下去？这已经不是为了安抚妈妈那么简单了。这简直让人作呕。

别人都说我就是我爸爸的翻版。这句话我听到过多少次？我从来没有仔细想过它，但现在它让我觉得恶心。

妈妈敲响用晚餐的铃声，喊道："开胃小吃已经准备好了！"然后她发现我还站在走廊上，"布莱斯，你姐姐和那些男孩去哪儿了？"

我耸耸肩："在她房间，我想。"

"通知他们开饭了，好吗？然后来吃点冷盘吧。"

"没问题。"我回答说。只要能让我摆脱这种糟糕的感觉，干什么都行。

利奈特的房间关着门。平时我一般会敲敲门，喊一声："妈妈叫你！"或者："开饭了！"可是今天这种灰头土脸的状况下，我的手一定是被魔鬼操纵着，扭开门把手，直接走了进去。

利奈特有没有大发脾气、朝我扔东西或是尖叫着让我出去？没有。她根本无视我的存在。马特和麦克冲我点点头，利奈特看见我了，但她的手捂在耳机上，听着音乐，全身上下随之摇摆。

马特——也许是麦克——悄声说："马上就好。我们这就过去。"就像他们知道我肯定是来叫他们吃饭的。那我干吗还要待在这儿？

不知怎的，我觉得自己似乎是被遗忘了。我甚至不是这些男孩中的一员，我只是个小弟弟。

我并不是刚刚知道这件事，但现在我忽然在意起来。好像突然之间，我在任何地方都变得格格不入了。在学校、在家里……每当我转过身来，总有一个我认识的人永远地成了陌生人。甚至连我自己，都让我觉得陌生起来。

虽然吃上了涂上软奶酪和鱼子酱的小圆饼干，但这对我的心情并没有太大帮助。妈妈就像一只繁忙的蜜蜂，哪里都有她的身影。厨房里、厨房外、端饮料、拿餐巾、介绍菜肴，但她一口也没吃。

利奈特不愿轻信妈妈对点心的介绍——她把自己那份分成油腻的、恶心的和讨厌的等几类。

虽然坐在利奈特旁边，但贝克家的男孩子们仍然不顾形象地把饼干整块吞下去。上帝，我就等着看他们把自己卷在桌子腿上了。

朱莉、她爸爸和我外公坐在桌子另一头，一直在聊着什么，我爸爸和贝克太太坐在对面，能看到我傻乎乎地一个人呆站在那儿。

妈妈轻轻地走到我身边："你还好吗，亲爱的？"

"我没事。"我回答她，但是她不由分说地把我推到外公那边。"接着聊，接着聊，"她轻声说，"晚饭马上就好。"

我站在那里，聊天的人们条件反射地给我让出一个位置。没人理我，他们接着聊永动机去了。

永动机。

老天，我甚至连永动机是什么都不知道。他们谈起封闭系统、开放系统、阻抗、能源、磁力……就像是加入了另一种语言的讨论。还有朱莉，她正在说着什么：“嗯，如果我们背对背放置磁铁——颠倒磁极呢？”就像她真能理解他们说的东西似的。外公和她爸爸给她解释，为什么她的办法行不通，但他们的回答只是引来朱莉更多的问题。

我彻底茫然了。虽然假装在听他们聊天，可我其实是在努力不要盯着朱莉。

妈妈叫我们吃饭了，我竭尽全力把朱莉拉到一边，向她道歉，她根本爱搭不理。不过，这怎么能怪她呢，对吧？

我在对面坐下，心情极为沉重。我为什么没有在图书馆反驳加利特几句？不一定要揍他。为什么我没有当面告诉他这很过分？

等到妈妈给每个人盛上菜，爸爸似乎下定决心要主导餐桌上的谈话。“嗯，麦克和马特，”他说，“今年是你们在高中的最后一年。”

“上帝保佑！”他们同声说道。

“上帝保佑？你们的意思是，很高兴能离开中学了？”

“当然。”

爸爸转着手里的叉子：“为什么？”

马特和麦克对视了一眼，再看着爸爸：“这地方早就让我们不爽了。”

“真有趣，”他环视着餐桌，“高中是我生命中最美好的时光。”

马特——也许是麦克——说道：“真的吗？老兄，那可逊毙了！”贝克太太斜了他一眼，可是他继续说下去，“哦，这是真的，妈妈。无趣的教育理念。限制、批评、服从——我已经完全受够了。”

爸爸向妈妈露出一个“我告诉过你”的隐蔽笑容，然后对马特和麦克说：“那么我想，大学里就没有这些问题了？”

上帝，他怎么了？一瞬间，我抓紧手中的刀叉，做好了和那两个捏我脸、管我叫“小弟弟”的家伙打一架的准备。

我深吸了一口气，试图放松下来，试图潜入平静的水中。这场战役与我无关。

再说，马特和麦克看起来淡定得很。“哦，不是，”他们说，“上大学只是一种可能的方向。”“是的，有几所学校录取了我们，不过我们想先搞个乐队试试。”

“哦，乐队。”爸爸说。

马特和麦克对视一眼，耸耸肩，继续吃东西。但是利奈特盯着他说：“你的讽刺一点儿也不好笑，爸爸。”

“利，利，”马特——或者麦克——说道，“没关系。人人都是这个反应。说得容易，是骡子是马拉出来遛遛，他们一般都是这个态度。”

“好主意。”利奈特说，从座位上跳起来，冲向走廊。

妈妈呆住了，她不知道该拿利奈特怎么办，但这时贝克太太说：“晚餐非常美味，佩西。”

“谢谢，特瑞纳。我们……我们很高兴你们能来。”

大约有三秒钟的时间，大家都沉默着，然后利奈特跑回来，猛地按下CD机的按钮，直到唱片收进去为止。

“利，别这样！这不是个好主意，”马特——或者麦克——说道，“没错，利。这音乐不适合吃饭的时候听。”

“忍着点。”利奈特说罢便调大了音量。

砰，啪！砰砰，啪！蜡烛在烛台上摇摆；吉他的和弦撕裂了空气，声浪几乎能把人吹跑。马特和麦克抬头看着音响，相视一笑，对我爸爸说：“立体声——好棒的配置，罗斯基先生！”

所有的大人都恨不得躲出去，或是关掉音乐，但利奈特站在那里守护着音响，怒视众人。一首歌结束，她把CD拿出来，关上播放器，然后对马特和麦克露出了微笑——她真的笑了——她说：“这是最棒的歌。我只想一遍又一遍地听。”

马特——或者麦克——对我爸爸说：“也许你不喜欢它，但这就是我们的作品。”

“你们自己写的歌？”

“嗯哼。”

他让利奈特把CD递过来，说道：“只有这一首吗？”

马特——或者麦克——笑了：“老兄，我们写了很多，但只有三首录了小样。”

爸爸拿起CD：“这就是小样？”

“是的。”

他盯着CD看了一会儿，然后说：“如果你们自称‘神秘小便’，怎么刻得起CD呢？”

“爸爸！”利奈特厉声说。

“没什么，利。他只是在开玩笑，对不对，罗斯基先生？”

爸爸微微一笑：“是的，”但他又补充道，“我只是有点好奇罢了。这明显不是自制的小样，而我凑巧知道对于大多数乐队来说，租用录音室的成本有多高……”

马特和麦克用一记响亮的击掌打断了他。我对爸爸竟然问起费用的问题感到愤怒，这时妈妈为了弥补爸爸的口无遮拦，支支吾吾地开口了。

“当年我认识瑞克的时候，他也在玩乐队……”

我嘴里的水煮三文鱼忽然变得难以下咽了。当我噎在那儿的时候，利奈特瞪大她那浣熊般的眼睛，喘着气说：“你？玩乐队？你演奏什么乐器，单簧管吗？”

“不，亲爱的，”妈妈定了定神，“爸爸是吉他手。”

“吉他？”

“酷！”马特——或者麦克——说，“摇滚，乡村，还是爵士？”

“乡村，”爸爸说，“千万别笑话我，孩子。”

“老兄！我们懂的。向你致敬，哥们儿。”

“当时，我们乐队想试着录一张小样，可那贵得没边儿。那是在大城市里，竞争激烈。在这里录小样？我甚至都不知道这里还有录音棚呢。”

马特和麦克还在笑：“这里没有。”

“你们去哪里录的？怎么支付得起呢？”妈妈在桌子底下狠狠地打了他一下，于是他补充说，“我只是好奇，佩西！”

马特和麦克俯下身子：“我们自己录的。”

“就在这里？你们自己录？这不可能。”他看起来快要疯掉了，“你们从哪儿搞到合成器的？”

妈妈又踢了他一脚，但是爸爸转过身去对她说：“别这样了，好吗？我只是好奇！”

马特——或者麦克——说：“没关系，罗斯基太太，”他冲爸爸笑了笑，“我们在网上和二手市场寻找卖家。人人都想把手里的旧模拟合成器换成数字合成器，因为别人都这么做了。数字合成器，如果你问我们的话，很烂，丢失了太多的波形。它们不够丰满，而我们显然希望它更雄厚一些。”

外公举起一根手指：“可是CD上收录的是数字信号，所以……”

“没错，不过这是最后也是唯一一个我们不得不妥协的步骤。这是进入这个行业所必需的。人人都想要CD，但是多音轨和压制成双轨的时候，仍然是模拟信号。而且我们负担得起，罗斯基先生，因为我们买的是二手合成器，我们从十二岁那年就开始攒钱了，”他笑了，“你现在还弹吉他吗？如果你愿意的话，我们也许可以，嗯，录一些你的曲子。”

爸爸低下头，起初我不确定他是不是会发怒或是叫骂。然后，他似乎轻轻地哼了一声，说：“谢谢，不过那已经不是现在的我了。”

那也许是爸爸整晚说出的唯一一句真心话。在那之后，他就陷入沉默。他试着偶尔笑一笑，不过，基本上都是在沉思中度过的。我开始有些为他伤感。他是不是想起了年轻时玩乐队的美好时光？我试着勾勒出他当年的样子，穿牛仔靴，戴牛仔帽，肩膀上挎着吉他，弹起威利·尼尔森的曲子。

他是对的——那已经不是他了。

可是，这让我前所未有地感觉自己像是个陌生人，来到了一个陌生的地方。

当聚会结束，贝克一家走出屋门的时候，发生了一些奇怪的事。朱莉碰了碰我的胳膊。那天晚上头一次，她看着我。还是那种眼神，坦率地、单纯地看着我。她说："对不起，刚才进门的时候我太生气了。今晚人人都很愉快，你妈妈能邀请我们，真是太好心了。"

她的声音很轻，像耳语一样。我像个傻瓜一样站在那儿，看着她。

"布莱斯？"她又碰碰我的胳膊，"你听见我的话了吗？对不起。"

我强迫自己点了点头，可是我的手臂发麻，心脏狂跳，我觉得自己正在朝她靠过去。

然后她走了。在一片欢快的再会声中，走出大门，走进黑夜。我试着平复呼吸。这是怎么了？我出了什么毛病？

妈妈关上门，说："好吧。我说什么来着？这家人多可爱呀！两个男孩子就和我想象的一样。利奈特，你为什么从没告诉过我他们这么……这么迷人！"

"他们是毒贩子。"

人人都把目光转向爸爸，张大了嘴。

“什么？”妈妈问。

“不这样，他们根本不可能买得起那种合成器，”他盯着利奈特，“是不是这样？”

利奈特的眼珠子都快从眼眶里瞪出来了。

“瑞克，拜托！”妈妈说，“你不能就这样指控别人！”

“这是唯一合理的解释，佩西。相信我，我知道音乐家是什么人。没有别的可能了。”

利奈特叫道：“我碰巧知道他们既不吸毒也不贩毒。你怎么能说出这种话？你是个两面三刀、高高在上、心胸狭窄的白痴！”

片刻的安静之后，他给了她一个耳光，很响，重重地打在她的脸颊上。

妈妈指着他的脸，我从来没见过她这个样子，而姐姐则跑向她的房间，边跑边回头骂着。

我的心怦怦直跳。利奈特是对的，我也差一点儿就要指着他的鼻子说出同样的话了。但外公拉住我，我们一起退到属于我们的角落。

我在自己的房间里转着圈，急切地想和利奈特说几句话。去告诉她，她做得对，是爸爸太过分了。但是透过墙壁，我听到她在大哭大叫，而妈妈正在安慰她。然后，她冲出屋子，不知道跑到哪里去了，然后妈妈又和爸爸吵了起来。

因此，我留在了屋子里。十一点以后，一切风平浪静，但余波仍在。我能感觉得到。

我躺在床上，透过窗户遥望天空，想起爸爸平时有多看不起贝克一家，他是怎么贬低他们的房子、院子、汽车以及他们为谋生所做的一切，他是怎么管他们叫“垃圾”，还嘲笑贝克先生的画。

而现在我发现他们家其实很酷。每个人都是。

他们……很真实。

而我们呢？在这间屋子里，有些东西正在迅速失去控制。

探寻贝克家的世界为我们自己的世界打开了一扇窗，而里面的景色一点儿也不美。

这些东西都是怎么出现的？

为什么我从前都没有意识到？

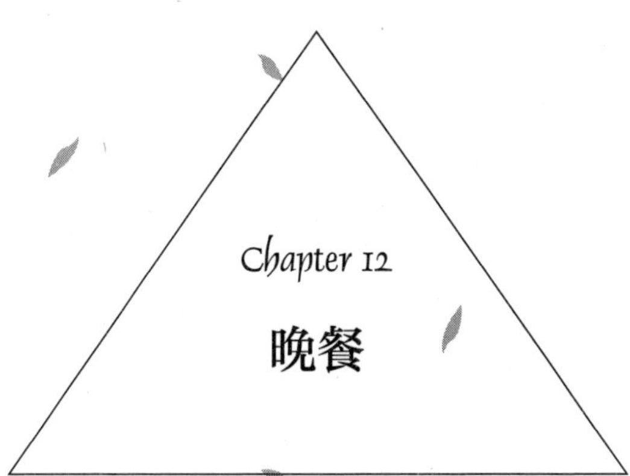

Chapter 12
晚餐

一到家，我就知道，抵制罗斯基家的晚宴是一种自私的行为。

妈妈已经花了很长时间用来挑选做派的食谱，并且搜遍衣柜寻找一件“得体的衣服”。她甚至为爸爸买了一件新衬衫，还仔细审查了男孩子们打算穿什么。显然，她很期待这次晚餐——我虽然不是很理解，但也不想把我刚刚对布莱斯产生的怨恨告诉她，毁掉这一切。

而爸爸已经对戴维够内疚了。他完全不需要再次听到八年级小孩对他的恶毒评论。

于是，那天晚上我三心二意地帮妈妈烤派，说服自己做了正确的决定。一次晚饭改变不了任何人的生活。我必须扛过去。

星期五上学的时候，我尽可能地躲着那个蓝眼睛的家伙，但是晚上当我打扮好之后，我发现自己正在盯着爸爸送给我的那幅画，再一次感到愤怒。布莱斯从来不是我的朋友，从来都不是！他没有捍卫那棵树，他扔掉我的鸡蛋，他用叔叔的事拿我寻开心……我为什么要把他当成好朋友、好邻居？

当妈妈叫我们出发的时候，我踏进走廊，非常想对她说，我不想、不能去罗斯基家吃晚餐，可她看起来那么漂亮、那么开心，我不能告诉她，就是不能。我深吸一口气，把派包起来，跟在哥哥和父母的后面慢吞吞地走过马路。

是查特开的门。也许我也应该对他生气，是他把我叔叔的事告诉罗斯基一家的，但我没有。我没有禁止他告诉别人，他也绝对不是一个会拿戴维寻开心的人。

罗斯基太太出现在查特身后，把我们迎进去，兴奋地在房间里走来走去。虽然她化了淡妆，但我仍然惊讶地发现她眼睛下面浮起黑色的眼袋。罗斯基太太和我妈妈拿着派离开了，哥哥们跟着利奈特消失在走廊尽头，爸爸和查特走进客厅。

像不像安排好了一样？只剩下我一个人在门厅，和布莱斯在一起。

他冲我打招呼，而我装作没有听见。我绕过他，恶狠狠地说："别跟我说话！我听见你和加利特在图书馆说的话了，我再也不想跟你说话了，永远也不想！"

我往客厅走去，他拦住我，"朱莉！朱莉，等等！"他低声说，"那句话不是我说的！是加利特！都是加利特干的！"

我盯着他："我知道我听到了什么。"

"不！你不明白！我……我心情很糟糕，你知道的，因为鸡蛋的事，以及我对你家院子的评价。我对你叔叔和你家的处境一点儿也不了解，好吗？我只是想和谁聊聊。"

我们的目光碰在一起，良久，这是我第一次没有被他的蓝眼睛冲昏头脑："我听见你笑了。他开了个玩笑，说我是智障，而你笑了。"

“朱莉，你不明白。我想揍他一顿！真的，我真这么想！但我们是在图书馆里……”

“于是你没有揍他，而是笑了。”

他耸耸肩，看上去又可悲又懦弱：“是的。”

我转身走开了。我走向客厅，把他留在身后。如果他是装出来的，那他的演技很好。如果这是真的，那么查特说得对——他是个懦夫。不管怎样，我再也不想待在他旁边了。

我站在爸爸身后，试图跟上他和查特的对话，他们在聊报纸上读到的什么东西。爸爸说：“但他的建议需要一个永动机来实现，所以这是不可能的。”

查特回答道：“也许在目前的科学发展水平下是这样，但你怎么知道以后会怎样呢？”

那一刻，我完全没有一点儿对科学的好奇心。但是，我无论如何都想把布莱斯·罗斯基赶出我的头脑，于是我问：“什么是永动机？”

爸爸和查特对看了一眼，笑了，然后耸耸肩，似乎达成某种一致，接纳我进入他们的秘密俱乐部。爸爸解释道：“那是一种不需要任何外部能源就能一直运转的机器。”

“不用电、不用燃料、不用水能，什么都不用，”查特从我肩膀上面看过去，心不在焉地问，“你觉得这可能实现吗？”

是什么让他分心？布莱斯还在门厅里吗？他怎么不动地方？

我强迫自己把注意力集中在这个话题上：“我觉得这能否实现？呃，我不清楚。所有机器都需要能量，对吗？即使是那些特别高效能的机器。而能量总要来源于某些地方……”

“假如机器自己能产生能量呢？”查特问，但他仍然瞥向门厅。

“它怎么能做到？”

没人回答我。相反，爸爸伸出手，说：“晚上好，瑞克。谢谢你们的邀请。”

罗斯基先生和爸爸握过手，也加入我们几个，聊起了天气。到了没话可说的地步，他说：“哇，你们的院子弄得真不错。我想我们也应该出钱雇查特来修整一下。他很会对付那些木桩，不是吗？”

他在开玩笑吧。我想。可是我爸爸并不是这样想，查特也一样。我正在担心接下来会发生什么，但罗斯基太太敲响了一个小小的晚餐铃，喊道：“各位，开胃小吃来了！”

冷盘很美味。但是当爸爸低声告诉我，饼干上面小粒小粒的黑莓根本不是浆果，而是鱼子酱的时候，我停止了咀嚼。鱼子？太恶心了！

爸爸指出，我一直都吃鸡蛋，为什么却对鱼子这样介意呢？他说得有道理。我迟疑地把饼干吃完，很快又拿起另一块。

布莱斯一直单独站在房间里，每次我无意间看到他，他都在盯着我看。

最后，我只好完全背对着他，对爸爸说：“那么，我们到底为什么要发明永动机呢？”

爸爸笑了：“世界上到处都有疯狂的科学家。”

“真的吗？”

“没错，从几百年前就是这样。”

“呃，他们都做些什么？他们长什么样子？”

没过多久，查特也加入讨论。我刚刚开始理解磁力、回转粒子和零点能量是什么东西，就发现有人站在我背后。

是布莱斯。

我的脸颊因为愤怒而变红。他看不出我想一个人待着吗？我挪了一步避开他，但却像是在人群中打开一个缺口，邀请他走进来。现在他站在我们的圈子里听我们聊天了！

很好！显然他对永动机没有兴趣。我还是一个人！我得出结论，继续讨论的话，他就会被赶走。于是我接着说下去，当谈话逐渐趋于停滞，我抛出自己关于永动机的想法。我像一台提问机器，无休止地扔出一些完全不靠谱的建议。

但他还是没走。他什么也不说，只是站在那儿听。当罗斯基太太宣布开饭的时候，布莱斯抓住我的胳膊低声说：“朱莉，对不起。我从来没有像今天这样感到抱歉。你说得对，我是个浑蛋，对不起。”

我把手臂从他手里抽出来，说：“我想你最近做了太多需要抱歉的事！”他被我扔在那儿，道歉的声音还回荡在空气里。

没过多久，我就发现自己犯了个错误。我应该任凭他道歉，然后继续无视他。但我在他道歉时打断了他，显得我很无礼。

我隔着桌子飞快地瞥了他一眼，但他正看着他爸爸，后者正在问我哥哥毕业的事，以及大学时的打算。

毫无疑问，我见过罗斯基先生很多次，但一般都是远远地看到他。不过，我现在才注意到他的眼睛，这似乎很不可思议。它们是蓝色的、湛蓝的。虽然罗斯基先生离我很远，他的眼睛被眉毛和颧骨所遮挡，但毫无疑问，布莱斯继承了他的眼睛。他的头发是黑色的，和布莱斯一样，他的牙齿又白又整齐。

虽然查特说布莱斯是他爸爸的翻版，可我从来没想过他俩长得这么像。但现在我看到他们确实很像，虽然他爸爸看上去有点自命不凡，而布莱斯则是……好吧，现在他有点愤怒。

从桌子的另一侧传来一个声音："你的讽刺一点儿也不好笑，爸爸。"

罗斯基太太轻轻地倒吸了一口气，人人都看着利奈特。"嗯，这不好笑。"她说。

这些年我们一直住在罗斯基家对街，我跟利奈特说过的话不超过十句，而她跟我说过的更少。对我来说，她有点可怕。

因此，当我看到她这样瞪着她爸爸时，我吃了一惊，但也有点不自在。罗斯基太太的微笑凝固在脸上，可她拼命地眨着眼，紧张地环视餐桌。我也一个人一个人地看过去，想知道罗斯基家的晚餐是否一直这么紧张。

利奈特突然站起来，冲向走廊，但她马上拿着一张CD回来了。当她放进唱机，从音响里飘出的旋律，我听出这是哥哥们写的一首歌。

我们听过这首名叫《蜡烛冰》的歌，它千百次地从哥哥们的房间里飘出来，我们早就习惯了。我看了妈妈一眼，有点担心她会因为其中失真的吉他噪声和粗俗的歌词感到尴尬。

这音乐绝不是用来搭配鱼子酱的。

她看起来有点迷茫，但心情还不算太糟。她和爸爸交换了一个隐蔽的微笑，诚实地说，我甚至听到她咯咯笑了几声。爸爸一副开心的表情，但他毕竟要矜持一些，直到一曲结束，我才意识到他很自豪，为了儿子们制造的这些噪声而自豪。

我很惊讶。对于哥哥们的乐队，爸爸向来不怎么热心，不过他也从来没有发表过什么评论。但是，罗斯基先生随即开始对马特和麦克严加质询，问他们如何负担得起录音费用。而他们解释说自己如何工作攒钱，寻找二手设备，这时我才明白，爸爸为什么那样自豪。

看得出来，哥哥们的心情也很好。这也难怪，因为利奈特拼命鼓吹《蜡烛冰》是一首伟大的曲子。她真的过分热情了，这些话竟然出自利奈特之口，实在有点奇怪。

环视四周，我忽然有种身处陌生人中间的感觉。我们两家在对街住了很多年，但我根本不了解他们。利奈特确实是会笑的。罗斯基先生外表整洁优雅，而内心却明显有些东西深埋在外表之下，慢慢腐烂。而一向能干的罗斯基太太似乎慌乱到几近亢奋的程度。她是因为我们的存在才如此紧张吗？

然后是布莱斯——他最让人烦恼，因为我不得不承认，我其实并不了解他。从最近的发现来看，我也不打算继续了解下去。看着桌子对面的他，我只觉得陌生、冷漠而超然。没有火花，也不再有任何的愤怒或焦虑。

什么都没有。

吃完甜点，我们准备告辞。我走向布莱斯，说我很抱歉在他之前找我的时候对他太凶。“我应该听完你的道歉，而且我真的很感谢你们全家邀请我们来吃饭。我知道这很费事，嗯，我想妈妈今晚很开心，这对我很重要。”我们彼此对视着，但他似乎根本没有听到我在说什么，“布莱斯？我说我很抱歉。”

他点点头，然后我们全家挥手道别，互道晚安。

妈妈挽着爸爸的手，我和哥哥们一起走在他们身后，他俩拿着吃剩的派。我们一起走进厨房，马特给自己倒了杯牛奶，对麦克说：“罗斯基先生今晚对咱们穷追不舍啊，是不是？”

“他还挺较真。也许他以为我们在追求他女儿。”

“我可没有，哥们儿！你呢？”

麦克也倒了一杯牛奶：“说是斯凯勒还差不多。绝对不是我。”他笑了。

“可她今天晚上真酷。她狠狠批了她爹一通，对吗？”

爸爸从橱柜里拿出一个纸碟，切了一片派：“你们今天晚上很克制嘛。换了我，不知道能不能有你们那样淡定。”

“啊，你知道，他只是有点……固执。”马特说，“你得附和他的观点，然后跟他讨价还价。”他又补充道，“当然，我可不想要个那样的爹……”

麦克把牛奶喷了出来，“哥们儿！你能想象吗？”马特一掌拍向爸爸后背，“没门儿。对我最重要的那个人在这儿呢。”妈妈站在厨房另一头笑着说：“我也一样。”

我从来没见过爸爸掉眼泪。他没有坐在那儿大声痛哭，但泪水明明白白地从眼眶里滑落。他拼命眨着眼睛，说：“孩子们，不想再来点派配牛奶吗？”

“哥们儿，”马特跨坐在椅子上说，“我也是这么想的。”

“是啊，”麦克补充道，“我饿坏了。”

“也给我拿个盘子！”麦克打开橱柜，我冲他喊道。

“但我们刚吃完饭。”妈妈叫道。

“别这样嘛，特瑞纳，吃点派吧。味道好极了。”

那天晚上，我捧着吃撑的肚子，开心地上床去了。躺在黑暗里，我想，一天之内可以经历多少强烈的感情啊，像现在这样结束这一天又是多么幸福。

当我快要迷迷糊糊进入梦乡的时候，我的心是那么……自由。

第二天早上，我的心情依旧很好。我走出屋子，给院子浇水，享受着水流击打泥土的啪啪声，心里想着，小草什么时候才能破土而出，沐浴阳光呢？

接着，我清理了鸡笼，平整了地面，拔除了院子边缘几丛疯长的野草。

我把残土和野草铲进垃圾箱里的时候，斯杜比太太出现了，她靠在围栏上问道：“最近好吗，朱莉安娜？准备养只公鸡了？”

“公鸡？”

“怎么了，当然哪。那些母鸡需要一些激励才能下更多的蛋！”

这倒是真的。邦妮、克莱蒂特还有其他几只鸡下的蛋只有过去的一半那么多。但是养只公鸡呢？“我想邻居会对我有意见的，斯杜比太太。

另外，那样我们就会有小鸡了，我想我家院子里养不了更多家禽了。”

“胡说。你把这些小鸡宠坏啦，让它们占用整个院子。它们可以共享这个空间。这很容易！否则你要怎么把生意继续做下去？过不了多久，这些小鸡就一个蛋也下不出来了！”

“真的？”

“嗯，非常少。”

我摇摇头说：“它们只是我养的小鸡，现在长大了开始下蛋。我从来没把它们当成一桩生意。”

“好吧，我也不该在你这里赊账，实在抱歉。我保证这个星期给你把钱补齐，不过，考虑一下买公鸡的事吧。我有个住在纽康姆大街的朋友，她可眼红我做的‘魔鬼蛋’了。我把菜谱告诉她，可她说就是做不出我做的味道。”她朝我眨眨眼睛，“如果可能的话，我保证她愿意出大价钱买到我的秘密原料。”她要走了，最后对我说，“顺便提一句，朱莉安娜，你在前院的改造工作非常出色。实在太棒了！”

“谢谢，斯杜比太太，”她关门的时候我喊道，“非常感谢！”

我接着把自己制造出来的垃圾堆铲干净，想着斯杜比太太说的话。

我是否应该养只公鸡？我曾经听说过，只要养一只，就能让周围的母鸡下更多的蛋，不管它们是否有实际上的接触。我甚至可以让我的鸡继续繁殖，得到一群全新的用来生蛋的母鸡。但我是不是真的想把这个过程重新经历一遍？

不。我不想为了邻居维持一个农场。如果我的母鸡全都不再生蛋了，也许对我更好吧。

我把耙子和铲子放到一边，挨个亲了每只母鸡，然后回到屋里。主宰自己命运的感觉真好！我感觉自己充满力量，正确而坚定。

那时我还不知道，前几天在学校发生的事将改变一切。

Chapter 13

怦然心动

那次晚餐之后，朱莉在学校对我很客气，这正是我所痛恨的。生气都比客气更好。

就连狂热都比……客气更好。对她来说，我就像个陌生人，上帝啊，这让我非常困扰。极其、极其困扰。

然后轮到拍卖会的事情，我发现自己正在陷入更大的麻烦。

拍卖会是“推进者俱乐部”假装用来为学校筹款的方式。他们坚称被选中是一种荣誉，但鬼才相信呢！

基本情况是这样的，他们会强行扣留二十个男生，他们每人自带美味的野餐食品，当着全校学生的面，由女生竞标与之共进午餐的权利。

猜猜今年谁是那二十人之一。

你以为妈妈们会说，嘿，你们不能把我儿子拿去拍卖，那你就错了。她们反而很骄傲自己的儿子被选为“午餐篮男孩”。

没错，朋友，那就是他们给你起的名字。一年一度的校庆活动上，你总能听到这样的话：“今天午餐时间，所有新入选的‘篮子男孩’请到多功能厅参加筹备会议。所有‘篮子男孩’必须参加。”

很快就没人叫你的真名了。别人只把你和其他十九个傻瓜看作“篮子男孩”。

当然，我妈妈非常投入，她给我的篮子里装满了各色食品，以确保我得到最高的出价。我解释说，自己根本不想进入梅菲尔德初级中学的“篮子男孩”名人堂，而且说真的，篮子放了什么根本不是重点。姑娘们才不是为了那个篮子竞标呢。你亲身经历过，就知道那是个人肉市场。

“你在学校吃顿午饭，这件事就结束了。那不是人肉市场，布莱斯。那是种荣誉！再说，也许真有好心的姑娘为你出价，你还能交到一个新朋友呢！”

妈妈们就这样出卖了我们。

然后是加利特，他悄悄地告诉我，雪莉·斯道尔斯已经和米奇·麦克森分手了，她、米兰达·休姆斯和珍妮·阿特金森之间为了竞投我展开了一场激烈的斗争。“哥们儿！”他告诉我，“全校最热门的两个妞儿。我对天发誓，雪莉是因为你才抛弃了米奇。是夏丽尔亲口告诉我的，八卦女王夏丽尔。”他向我露出猥亵的笑容，“我嘛，我支持胖妞珍妮。做一个‘篮子男孩’，你活该得到这样的待遇。”

我让他闭嘴，不过他说得对。我的运气用完了，也许我是活该被胖妞珍妮缠上。我能想象得出来——身高一米八的胖姑娘吃完我带的全部午餐食品，然后跟着我到处跑。珍妮是全校唯一能扣篮的女孩。当她落地的时候，整个场地都在震动。要是她没有那些……你明白……女生的特征，她完全可以剃掉头发，加入NBA（美国男篮职业联赛）。

真的，没人怀疑过。

她的父母满足她的每一个要求。传说，为了她，他们把家里的车库改造成了一个全尺寸的篮球场。

这意味着，在“篮子男孩”的游戏中，她对我也是稳操胜券了。

除非，除非雪莉或者米兰达出了更高的价钱。但我怎么能保证呢？

我的大脑飞速运转，想制订一个计划，最后我发现，只有一个可行的方法。

同时讨好她们俩。

第一天实施我的计划，我觉得自己无比卑鄙。我并没有做什么太糟糕的事。我只是，嗯，表示了友好。虽然我不知道雪莉和米兰达是否看出了我的意图，但加利特看出来了。

“哥们儿！”星期四的时候，他对我说，“我能看穿你的小把戏，兄弟。”

“你在说什么？”

“别否认了，哥们儿。你在同时对付她们俩。”他凑过来，在我耳边说，“不管你是不是‘篮子男孩’，我都佩服你。”

“闭嘴，哥们儿。”

“真的！八卦女王说，今天的体育课上，她俩厮打起来了。”

我必须了解这件事：“那么……胖妞珍妮呢？”

他耸耸肩：“不清楚。不过我们明天就知道了，对不对，哥们儿？”

星期五，妈妈把我和我那傻乎乎的超大号野餐篮一起送到学校，由于所有“篮子男孩”都要盛装打扮，我系了一条让人窒息的领带，穿了西裤和礼服鞋，感觉自己是个十足的傻瓜。

当我走过甬道的时候，学生们吹着口哨，朝我喊："哦，宝贝！"这时胖妞珍妮超过我，一步便迈上三个台阶。

"哦，布莱斯，"她回过头说，"你看起来……很美味。"

上帝啊！我跑步进入教室，那是全体"篮子男孩"集合的地方，进门的那一刻，我感觉好多了，我的身边围绕着其他傻瓜，他们似乎真心高兴看到我的出现。"嗨，罗斯基"；"哟，哥们儿"；"这样难道不是很蠢吗"；"你怎么不坐校车，兄弟"——这群同病相怜的人哪。

推进者俱乐部主席麦克卢尔夫人走进教室，就是她把我们圈到这里的。"哦，上帝啊！"她说，"你们看上去全都那么帅！"

没有一句话提到我们的篮子，也不想事先往里面看一眼。不，她唯一关心的是，那些小妞饿了。

人肉市场？

一点儿也没错！

"别紧张，孩子们，"麦克卢尔夫人说，"你们会度过美妙的一天！"她拿出一张名单，让我们排成一列。我们被编上号码，篮子也被编上号码。出于她的愚蠢要求，我们填写了一张卡片。等到她把我们整顿完毕，保证我们知道该做什么不该做什么，已经错过了第一堂课和第二堂课的一半多。"好了，先生们，"她说，"把你们的篮子留在原地，然后去……现在几点了？还在上第二堂课？"她看了看表，"是的，第二堂。"

"要是老师跟我们要假条怎么办？"某位聪明的"篮子男孩"问。

"你们的老师手里有个名单。如果他们有问题，告诉他们，你们的领结就是假条。当每个人都完成拍卖之后，我在这里等着你们。明白了吗？那就快行动吧！”

我们抱怨着，然后走回教室。我敢保证，整个上午，我们二十个人里没有一个人听进去了老师讲的内容。假如你的脖子上缠着套索、脚趾被挤得生疼，屋子里坐满了一群准备猎捕你的白痴，你怎么能听得进去？

任何一个提出这种傻瓜传统的人，都该被塞进篮子，扔进河里，连勺子都不准拿。

我是九号“篮子男孩”。这意味着我要在篮球馆的舞台上站很久，等待几乎一半的男孩被拍卖掉。最少十元起拍。如果没人竞标，私下里总有一个老师被安排好为你出价。

是的，朋友，你有无数种被羞辱的可能。

一些妈妈也出现了，她们站在一边，带着摄像机或照相机，向儿子挥手，基本上跟她们的儿子看上去一样蠢。我应该想到的。妈妈请了一个小时的假，也出现在人群中。

提姆·派罗是五号“篮子男孩”，他妈妈真的为他竞标了。没开玩笑。她上蹿下跳，喊着“二十！我给你二十元！”上帝，这真是终生难忘。幸运的是，凯莉·特洛特为他叫了二十二元五角，让他免于内疚地因为“妈妈的乖宝贝”而困扰——这是世上少有的比成为“篮子男孩”更糟的事。

凯莱布·休斯是下一个拍卖品，他为俱乐部拍得了十一元五角。然后是查得·奥蒙德，我敢说麦克卢尔夫人把他带上去的时候他都快尿裤子了。她宣读他的卡片，捏捏他的脸，然后迅速地拍出了十五元。

这时，我和拍卖台只隔着琼恩·楚洛克。我对他篮子装了什么东西、有什么爱好、喜欢什么运动不感兴趣。我忙着在人群中寻找胖妞珍妮，胳肢窝里湿了一片。

麦克卢尔夫人透过麦克风喊道："有出十元的吗？"我等了一分钟，却没有人说出"十元！"谁也没有说话。"来啊，快上吧！这午餐很好吃呢。草莓挞，嗯……"麦克卢尔夫人走到后面，宣读琼恩·楚洛克那张卡片上写的菜单。

多么尴尬啊！这比成为"妈妈的宝贝"要更糟。比跟胖妞珍妮共进午餐还要糟！如果没人想跟他共进午餐，为什么会选他当上"篮子男孩"呢？

人群右侧传来声音："十元！"

"十元？有人出十元吗？"麦克卢尔夫人露出紧张的笑容。

"十二！"从同一片区域传出另一个声音。

第一个声音又喊道："十五！"忽然，我认出那个声音的主人了。

朱莉安娜·贝克。

我扫视着人群，最后看到她高高地挥着手，兴奋之情溢于言表。

"十六！"另一个声音说。

安静片刻，朱莉的声音再次响起："十八！"

"十八！"麦克卢尔夫人喊道，她看上去快要因为解脱而晕倒了。她顿了一下，然后说，"十八元一次……十八元两次……成交！十八元。"

卖给朱莉？我完全没想到她会参与午餐竞拍。任何一个人的午餐。

琼恩走回队伍当中。我知道是该我走上去的时候了，可我一步也挪不动。像是有人在我肚子上狠狠打了一拳。朱莉喜欢琼恩吗？这是不是她最近这么……这么……客气的原因？因为再也不在乎我了？她从来都在那里，等着被我躲开，而现在我甚至就像不存在一样。

“上前一步，布莱斯。来呀，别害羞！”

麦克·阿比尼多轻轻地推了我一把：“该你受罪了。上去吧！”

就像走向断头台一样。我站在前面，满身大汗，听俱乐部女王检查我的午餐，并逐条宣读我的兴趣爱好。她还没说完，雪莉·斯道尔斯就喊道：“十元！”

“什么？”麦克卢尔夫人说。

“我出十元！”

“哦，”她把字条放下，笑了，“好吧，我听到有人出价十元！”

“二十！”米兰达·休姆斯站在人群正中央喊道。

“二十五！”又是雪莉。

我搜索胖妞珍妮的身影，祈祷她生病回家了或是遇到别的问题，这时雪莉和米兰达正在五元五元地加价。“三十！”

“三十五！”

“四十！”

我找到她了。她站在米兰达身后二十码的地方，正在用牙齿清理她的指甲油。

“四十五！”

“五十！”

“五十二。”

“五十二？”俱乐部女王打断她们，“哇，竞争很激烈！看看篮子就知道，这很值得——”

“六十！”

“六十二！”雪莉喊。

米兰达慌忙向朋友借钱，这时麦克卢尔喊：“一次！”但珍妮站了起来，喘着粗气说：“一百元！”

一百元。只听观众们倒吸一口凉气，所有人都转过身，盯着珍妮。

“好！”麦克卢尔夫人笑了，“一百元！毫无疑问，这是有史以来的最高纪录。也是对推进者俱乐部的慷慨馈赠！”

我好想把她推下舞台。我已经被宣判了。这将是终生难忘的经历。

台下一片骚乱，忽然，雪莉和米兰达站在一起喊道：“一百二十二……块五！我们出一百二十二块五！”

“一百二十二元零五角？”我想俱乐部女王快要跳起波尔卡舞了，“你们合并了彼此的资源，想跟这位优秀的小伙子共进午餐？”

“是的！”她们叫道，然后把目光投向珍妮。人人都在看着珍妮。珍妮只是耸耸肩，然后继续抠她的指甲去了。

“好吧，就这样！一百二十二元零五角一次……一百二十二元零五角两次……成交，这两位美丽的年轻姑娘以一百二十二元零五角的价格创造了前所未有的纪录！”

“哥们儿！”我退回队列之后，麦克对我耳语，“雪莉和米兰达两个人？这让我怎么追得上？”

他甚至都没有接近这个数字。他被泰瑞·诺里斯以十六元成交，余下的大多数人都拍出了四十元。结束的时候，每个男生都跟我说：“哥们儿！你真厉害……创造了纪录！”但我一点儿都不觉得自己厉害，我已经精疲力竭了。

妈妈走过来给我一个拥吻，就像我得了金牌似的，低声说“我的小宝贝”，然后咔嗒咔嗒踩着高跟鞋回去上班了。

我又累又尴尬，然后就被雪莉和米兰达拽进了多功能厅。推进者俱乐部在多功能厅摆了一些供两人使用的小桌子，用明暗不同的粉色、蓝色和黄色装饰着，到处都是气球和飘带。我觉得自己就像只复活节的兔子，双手抓着愚蠢的“篮子男孩”的午餐，被米兰达拉住一只胳膊，雪莉抱紧另外一只。

他们把最大的一张桌子给了我们，又多拿来一把椅子，当我们都坐下后，麦克卢尔夫人说：“男孩和女孩们，我想我不需要提醒你们，接下来的课可以不用上了。享受你们的午餐，享受你们的友谊……慢慢吃，放松点儿，再次感谢你们对推进者俱乐部的支持。没有你们，就没有今天的我们！”

于是，我坐在那里，跟全校最抢手的两个姑娘一起共进午餐。我是那个遭到全校男生妒忌的人。

老兄，我都痛苦死了。

我是说，这两个姑娘也许很漂亮，但她们聊起胖妞珍妮的时候，那些话真是令人发指。米兰达说道：“她在想些什么？她还以为你盼着约她出去呢，是不是，布莱斯？”

好吧，没错，是这样。可是把它说出来本身就是错的。“听着，我们能不能聊点别的？”

“没问题，比如说？”

“无所谓，什么都行。你们这个暑假打算去哪儿玩？”

米兰达先开口：“我们要坐游轮去墨西哥的蔚蓝海岸，停靠在每一个好玩的港口，购物什么的，”她冲我眨了眨眼，“我可以给你带点礼物回来……”

雪莉挪了一下椅子，说：“我们要去湖边玩。我爸爸在那里有座小木屋，在那儿你能晒出一身最美丽的古铜色。你还记得我去年开学时的样子吗？那时候我，嗯，很黑。我想再来一次，不过这回我要制定一张时间表，这样就能把每一寸皮肤都晒到。”她咯咯笑着说，“别告诉我妈妈，好吗？否则她肯定会阻止我！”

从这时开始，她们为美黑的问题争执起来。米兰达告诉雪莉，去年开学的时候她根本没注意到她晒黑了，而晒太阳最好的地方是在游轮甲板上。雪莉告诉米兰达，任何一个长着雀斑的人都不可能真正晒黑，由于米兰达全身都有雀斑，坐游轮肯定是一种浪费。我吞下属于我那三分之一的午餐，环视着房间，试图让她们的对话从耳边流过。

然后，我看到了朱莉。她和我隔着两张桌子，正对着我的方向，可她并没有看我。她看着琼恩，她的眼睛闪闪发光，她在笑。

我的心跳慢了一拍。她在笑什么？他们在聊什么？她坐在那儿，怎么那么……美？

我觉得自己渐渐失去了控制。这感觉很奇怪，就像不能控制自己的肢体一样。我一直觉得琼恩很酷，但现在我只想走过去，把他扔出屋子。

雪莉抓住我的胳膊："布莱斯，你还好吗？你看起来……我不知道……像着了魔似的。"

"什么？哦。"我试着做了个深呼吸。"你在看什么？"米兰达问。她俩都从我肩膀上面看过去，然后耸耸肩，继续挑拣着食物。

可我不能自已地再次看了过去。内心深处，我听见外公在对我说："你现在做出的选择将会影响你的一生。做出正确的选择……"

做出正确的选择……

做出正确的选择……

做出正确的选择……

米兰达再一次摇晃我的胳膊，问道："布莱斯？你听见我说话了吗？我问你今年暑假打算干点什么？"

"我不知道。"我坚持不住了。

"嘿，也许你可以跟我们在湖边住一段时间！"雪莉建议道。

这真是一种折磨。我想大声尖叫，闭嘴！让我一个人待一会儿！我想从这栋房子里跑出去，一直跑，一直跑，直到我没有知觉为止。

"午餐很美味，布莱斯。"米兰达的声音飘在我耳边，"布莱斯？你听见我说话了吗？这真是一顿丰盛的午餐。"

一句简单的谢谢就足够了。但我能用简单的谢谢来回答她吗？

不能。我转向她说："除了食物、美黑和头发，我们能不能谈点别的？”

她朝我露出一个傲慢的微笑：“好吧，那么，你到底想聊点什么？”

我冲她眨眨眼，再冲雪莉眨眨眼：“永动机怎么样？知道永动机吗？”

“永……什么？”

米兰达笑了起来。

“怎么了？”我问她，“什么事这么高兴？”

她盯着我看了一分钟，然后咻咻地笑着：“我不敢相信自己竟然竟拍到一个知识分子。”

“嘿……我很聪明的！”

“真的吗？”米兰达笑着问，“你连‘知识分子’这个词都拼不出来吧？”

“他很聪明，米兰达。”

“哦，别再拍他马屁了，雪莉。你想说你是为了追求他的头脑？上帝，看你这样讨好他，我真想吐！”

“讨好？你再说一遍？”

“你听见我说了。反正他不会邀请你参加毕业舞会的，所以还是放弃吧，你说呢？”

这次午餐到此为止。妈妈做的一片苹果挞碾碎在米兰达的头发里，剩下的牧场风味酱涂在雪莉的头发上。

麦克卢尔夫人还来不及说“看在推进者的分儿上，你们在干吗”，她俩就在地上滚作一团，抓花了对方的脸。

趁这个机会，我离开座位，朝朱莉走去。我抓住她的手说：“我必须跟你谈谈。”

她从椅子上欠起身：“什么？怎么了，布莱斯？她们为什么打架？”

“抱歉，我们离开一会儿，好吗，琼恩？”我拉着她离开桌子，但是没有地方可去。拉着她的手，我根本无法思考。于是，我停在屋子的正中间，看着她。看着她的脸。我想摸摸她的脸颊，看看那是什么感觉。我想摸摸她的头发，它看起来难以置信地柔顺。

“布莱斯，”她轻声说，“出什么事了？”

我开口问她的时候，几乎要窒息了：“你喜欢他？”

“我……你是说琼恩？”

“是的！”

“哦，当然。他是个好人，而且——”

“不，你喜欢他吗？”我的心脏快要跳出胸膛了，我拉起她的另一只手，等待她的答案。

“嗯，不是。我是说，不是那种……”

不是！她说不是！我不管此刻我身在何处，也不管有谁在看。我想要，我不得不亲吻她。我倾身向前，闭上眼睛，然后……

她从我身边挣脱了。

突然间，屋子里死一般地沉寂。米兰达和雪莉透过她们湿滑的头发瞪着我，人人都在看着，就好像我是个短路的机器人，我只是站在那儿，试图闭上嘴巴，恢复平时的样子。

麦克卢尔夫人扶着我的肩膀，带我回到座位上，对我说：“你坐下，待在这儿！”然后她把米兰达和雪莉拖出去，教训了一顿，让她们在她找门卫来收拾这堆烂摊子之前各自找个浴室清理干净。

我一个人坐在那里，根本没考虑过掩饰自己。我只想和她在一起，和她说话，再一次拉着她的手。

吻她。

放学之前，我试着跟她说话，但每次不等我走近，她就躲开了。

最后一节课的下课铃响了起来，她消失了。

我到处找她，但她就是不见踪影。

不过，加利特还在。他追上我说：“哥们儿！告诉我这不是真的！”

我什么也没说。我朝自行车棚走去，希望能在那儿找到朱莉。

“哦，上帝……是真的！”

“别来烦我，加利特。”

“你有机会跟学校里最抢手的两个妞混在一起，却为了朱莉放弃了她俩？”

“你不明白。”

“你说得对，哥们儿。我一点儿也不明白。你真的试图去吻她？我不敢相信。我们说的是朱莉安娜·贝克吗？你噩梦般的邻居？那个讨厌的万事通？鸡屎宝贝？”

我冷冷地停下来，推了他一把。只是两只手掐住他，然后推了他一把：“那是很久以前的事，哥们儿。少来这一套！”

加利特举起双手投降，但朝我凑过来：“哥们儿，你对她动心了，你知道吗？”

“让开点，行不行？”

他拦住我的去路：“我不相信！两个小时以前，你还是那个独一无二的人！‘那个人’！全校学生都愿意跪拜你！现在，看看你自己吧。你就像，嗯，一个社会公害。”他轻哼一声，“还有，哥们儿，事实上，如果你还是这副德行，我不想继续跟你做朋友了。”

我指着他的鼻子说：“很好！你知道吗？我也不想！”

我把他推到一边，跑了。

我是走回家的。穿着挤脚的皮鞋，脏碟子在黏糊糊的野餐篮里叮当作响，“篮子男孩”一路跋涉回到了家。

而我的内心世界正进行着一场激烈的斗争。过去的布莱斯想要回到从前，想和加利特一起闲扯，想把朱莉安娜·贝克继续恨下去。

想成为“那个人”。

但在我的潜意识里，过去的布莱斯已经死了，我已经无法回头。对加利特、雪莉、米兰达，以及任何一个不了解我的人。朱莉和他们不一样，但这么多年过去了，我已经不在乎这些了。

我喜欢这样。

我喜欢她。

每次我看到她，她似乎都变得更漂亮，她仿佛散发着光彩。我指的不是像一百瓦的灯泡那样发光，她只是具有了同样的温暖。也许是因为爬树，也许是因为给小鸡唱歌，也许是因为敲着木桩，梦想着永动机，我不知道。我知道，和她相比，雪莉和米兰达都显得太……普通了。

我从来没有过这样的感觉，从来没有。承认它，而不是隐瞒它，让我感到自己充满力量与幸福。我脱掉鞋袜，把它们也放进篮子，光脚向家里跑去，领带搭在我的肩膀上，我忽然明白了加利特那天晚上说的一句话——我心动了。

彻彻底底地心动了。

走在我家那条街，我发现她的自行车靠在路旁。她在家！

我一直按着门铃，时间长得让我以为它坏掉了。

没有人开门。

我捶打着大门。

没有人开门。

我回到家，拨通了电话，很久很久以后，终于，她妈妈接了起来。“布莱斯？不，我很抱歉。她不想和你说话，”她轻声说，“给她一点儿时间，好吗？”

我给了她将近一个小时的时间。然后，我穿过马路：“求你了，贝克太太。我非要见到她不可！”

“她把自己锁在房间里不愿出来，亲爱的。你可以试试明天再给她打电话。”

明天？我等不到明天！于是，我在她家附近逡巡着，爬上围栏，敲着她房间的窗户：“朱莉！朱莉，拜托。我必须见到你。”

她的窗帘紧闭，但后门打开了，贝克太太走出来，把我轰走了。

到家以后，外公已经等在门口：“布莱斯，怎么了？你在贝克家那里跑来跑去，还爬上人家的围栏……就像火烧屁股似的！”

我脱口而出：“我不相信！我就是不相信！她不愿意跟我说话！”

他把我领进门厅，说：“谁不愿意跟你说话？”

“朱莉！”

他沉吟着：“她是不是……生你的气了？”

“我不知道！”

“她有没有对你生气的理由？”

“没有！有！我是说，我不知道！”

“好吧，发生什么事了？”

“我试着亲她来着！当着一屋子人的面，当时我正跟雪莉和米兰达在一起，作为那个傻乎乎的‘篮子男孩’陪她们吃午餐，然后我试着去亲她了！”

慢慢地，他的脸上浮出一个笑容：“你这么做了？”

“我就像着了魔似的。我控制不住！但是她把我推开了，还……”我透过窗户望着贝克家的房子，“现在她不肯跟我说话了！”

外公开口了，声音很轻很轻：“也许她以为这只是一时冲动？”

“可我不是一时冲动！”

“不是吗？”

“不，我是说……”我转向他，“都是从那篇该死的报道开始的。我不知道……从那时开始，我就变得很奇怪。她的样子变了，她的声音变了，对我来说她甚至变了一个人！”我盯着窗外，“她……她变得不一样了。”

外公站在我身后，和我一起望着对街。“不，布莱斯。”他轻声说，“她跟原来一样，是你变了。”他拍拍我的肩膀，在我耳边说道，“还有，孩子，从现在开始，你再也不是过去的你了。”

也许外公为此感到高兴，可我就惨了。我吃不下饭，看不进电视，几乎什么事都做不成。

于是，我早早爬到床上，却也睡不着。我从窗户盯着她家的房子，已经看了好几个小时了。我看过天空，也数过羊。但是，我就是忍不住后悔自己这些年来竟然这么傻。

现在，我怎么才能让她听我说话呢？只要她愿意，我可以去丈量那棵巨大的无花果树，从树根到树梢；我可以喊她的名字，让声音飞过屋顶，让全世界都听到。

因为我对爬树是那么一窍不通，所以我认定这说明我愿意做一切事情，换来她跟我说话；上帝，我愿意跟着她爬进沾满鸡屎的鸡笼，假如这能奏效；我愿意永远只骑自行车上学，穿过崎岖的道路，假如这能让我跟她在一起。

做点什么。我一定要做点什么，让她知道我变了。做点什么向她证明我觉悟了。

但是做什么呢？我怎么做才能让她知道，我不是她以为的那样？我怎么才能抹去我之前所做的一切，从头再来？

也许我做不到。也许这根本就不可能做到。不过，如果说我从朱莉安娜·贝克身上学到什么东西，那就是，我必须全心全意地去尝试。

不管结果如何，我知道外公说对了一件事。

我再也不是过去的我了。

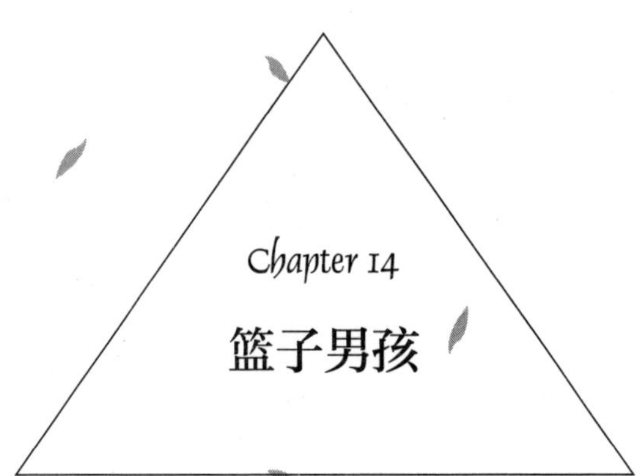

Chapter 14

篮子男孩

在罗斯基家吃晚餐之后的那个周一，达拉在学校里追着我，强行把布莱斯·罗斯基又塞进我的脑子里。“朱莉！嘿，姑娘，等等我！最近好吗？”

“我很好，达拉，你呢？”

“不好，真的不好。”她低声说，“你今天过得怎么样？”她把书包换到另一边肩膀，向四周扫视了一下，“我在想，嗯，布莱斯对你实在太无情了。尤其是，他本来就是你的死穴。”

“谁说的？”

“你以为我没长眼睛吗？拜托，姑娘。这是理所当然的，所以我才这么担心你。你真的真的没问题吗？”

“是的，我很好。不过，谢谢你的关心。”我看着她说，“还有，达拉，它再也不是理所当然的了。”

她笑了：“这次节食会持续多久？”

“这不是节食。我刚刚，嗯，对他倒了胃口。”

她充满怀疑地看着我：“啊哈。”

“好吧，这是真的。不过，还是谢谢你的关心。”

虽然一开始我仍然感到自己强大、正确而坚定，但是，西蒙斯夫人整整提前了十五分钟下课，并且说“收起桌面上的东西，只留一支钢笔或是铅笔”。

“什么？”人人都尖叫起来，相信我——我也是其中一员。我根本没准备好来一次小测验！

“收起所有的东西！”她说，“快点，你们在浪费宝贵的时间。”

教室里响起抱怨声和翻动活页夹的声音，当所有人都遵照她的要求准备好，她从桌上拿起一沓明黄色的纸，带着一抹邪恶的微笑把它们展开，说道：“现在，我们来投票选举‘篮子男孩’！”

一阵解脱的声浪席卷全班：“‘篮子男孩’？你是说，不测验了？”

她一边数着选票一边说：“和测验一样，我不希望你们和别人交换意见。也和测验一样，你们的时间有限。”她在第一排第一张桌子上放下一摞选票，然后走向第二排，“铃响以后，我会一个一个地从你们手里收上来，检查你们在填写时有没有遵守以下规定。”她轻巧地来到了第三排，“选五个，只能选五个列表上的男生。不准署名，不准和附近的同学讨论你的选项。”她现在走到第四排了，语速越来越快，“当你做出选择之后，把表格翻过来。”她把剩余的票放在最后一张桌子上，“我再说一遍，不准折你的选票！”

罗宾·卡斯迪农举起手叫道：“为什么男生也要投票。没理由让男生也投票嘛。”

“罗宾……”西蒙斯夫人提醒他。

“我是认真的！我们该怎么做？投给朋友还是投给敌人？”

很多人都发出了窃笑，西蒙斯夫人瞪着他，但他说得有道理。二十个八年级的男生被迫准备两个人的午餐，还要被拍卖给出价最高的人。

“当选‘篮子男孩’是一种荣誉——”西蒙斯夫人开口道，不过罗宾打断了她。

“那是个笑柄！”他说，“尴尬极了！谁想当‘篮子男孩’？”

他旁边的男生纷纷抱怨道：“反正我不想。”但西蒙斯夫人清了清嗓子：“你应该希望当选的！自学校建立以来，这就是协助筹款的一项传统。一代又一代的‘篮子男孩’帮助学校变成现在的模样。有了他们，我们才有了花圃，有了遮阴的树木，以及苹果园。去看看别的初中吧，那时你才知道，我们的校园是一片小小的绿洲。”

“而这些全是出自‘篮子男孩’们的血汗辛劳。”罗宾嘟囔着。

西蒙斯夫人叹了口气，“罗宾，有一天当你的孩子来到这里上学，你就会明白。现在，请给你认为能赢得最高出价的人投上一票。还有，全体同学，”她补充道，“我们还有九分钟。”

教室陷入一片寂静。我顺着名单阅读八年级一百五十个男生的名字，却发现，对我来说，从来只有一个人。只有布莱斯。

我不想让自己变得太伤感。那么长时间以来，我一直错爱了他，而现在我当然不会选他。但我不知道还能投给谁。我看了看西蒙斯夫人，她正虎视眈眈地盯着全班同学，间或看着挂钟。如果我谁也不选呢？如果我交上空白的选票会怎样？

她会让我留堂，就这样。还剩两分钟的时候，我在我认为既不像书呆子又不像小丑，人还不错的男生名字旁边打上点。当我勾完之后，发现有十个名字旁边做了记号，然后我从中选出了五个人：莱恩·诺尔、文思·奥尔森、艾德里安·伊格莱西亚斯、伊恩·莱，以及琼恩·楚洛克。他们不会当选“篮子男孩”的，但我也不会出价，所以这没关系。当铃声响起，我交上选票，把拍卖的事忘得一干二净。

直到第二天午饭时分为止。去图书馆的路上，达拉拦住我，把我拉到她的座位上。“你看到名单了吗？”她问。

“什么名单？”

“‘篮子男孩’的名单！”她把一张笔迹潦草的二十人名单推到我面前，四下张望，“你的心头好也在里面！”

从上数第五个，就在那儿——布莱斯·罗斯基。

我早该预料到的，可是，一股汹涌而来的占有欲仍然袭上了我的心头。谁投了他一票？从一百五十人里当选，他一定得到了许多选票！突然间，我眼前出现了成群的女孩在推进者俱乐部的女士们面前挥舞着大把钞票，乞求能与他共进午餐的场面。

我把名单扔回给达拉，说：“他不是我的心头好！实际上，我根本就没选他。”

“噢噢噢，姑娘！你还在坚持节食呢！”

“这不是节食，达拉。我……我已经不再惦记他了，好吗？”

“我很高兴听你这么说，因为有传言认为，雪莉那个妞儿已经对他志在必得了。”

“雪莉？雪莉·斯道尔斯？”我觉得我的脸因为激动而发红了。

“没错，”达拉挥舞着她的名单，喊道，“莉斯！梅茜！在这里！我拿到名单了！”

达拉的朋友们全都扑过来，聚精会神地研究那张纸，仿佛那是一份藏宝图。梅茜喊道：“查得·奥蒙德被选中了！他好可爱。我愿意为他出十块钱，没问题！”

“丹尼也在里面！”莉斯尖叫着，“那个男孩真是”——她打着战，咯咯笑着——“太……太……太好了！”

梅茜撇撇嘴说：“琼恩·楚洛克？他怎么也在里面？”

有那么一刻，我几乎不敢相信自己的耳朵。我从梅茜手里抢过名单：“你确定？”

“就在那儿，”她指着他的名字说，“你觉得谁会选他啊？”

“那些文静的女生吧，我想。”达拉说，“我嘛，我对麦克·阿比尼多更感兴趣。有人跟我竞争吗？”

梅茜笑了：“如果你想要他的话，我退出！”

“我也是。”莉斯说。

“你呢，朱莉？”达拉问我，“周五打算带上零钱吗？”

“不！”

“那你会错过后半场……”

“不！我不会竞价的。对谁都不会！”

她笑了：“对你有好处。”

那天下午，我从学校骑车回家，脑子里全是布莱斯和“篮子男孩”拍卖。我觉得自己对布莱斯有点死灰复燃的苗头。但是，如果雪莉喜欢他，我为什么要介意呢？我根本就不应该想他！

不想布莱斯的时候，我不禁担心起可怜的琼恩·楚洛克。他很文静，让他挎着篮子在全校面前被拍卖，我觉得很对不起他。我对他做了些什么啊？

不过，当我到家的时候，“篮子男孩”的事就迅速地被我抛到了脑后。我是不是看到了绿色从泥土里钻出来？是的！是的，没错！我扔下自行车，四肢趴在地上。它们好细，好小，离得好远！

在宽阔的黑色土壤上面，它们几乎看不到，不过，它们确实在那儿。从泥土中钻出来，沐浴着午后的阳光。

我跑进屋里，喊着：“妈妈！妈妈，小草长出来了！”

“真的？”她戴着清洁手套、提着水桶从浴室里跑出来，“我还在想，它们是不是根本不会破土而出。”

“嗯，它们现在出来了！过来！来看看！”

一开始，她没有什么感觉。但是当我让她趴到地上仔细看的时候，她笑了，说：“它们好精致……”

“它们看起来就像在打哈欠，是不是？”

她轻轻点了点头，又凑近去看：“打哈欠？”

“呃，也许更舒展一些，我想。它们仿佛是坐在小小的泥土铺成的床上，高高地伸着胳膊，嘴里说着，世界，早上好！”

她笑了：“是啊，没错！”

我站起来，打开水管：“我想，它们需要来个晨浴，你说呢？”

妈妈同意了，把我一个人留在那儿一边浇水一边唱歌。我已经完全沉浸在这些新生的小小绿色叶片带来的快乐中，这时，我听到校车轰隆隆地停在克里尔街的车站。

布莱斯。他的名字瞬间击中了我，随之而来的是一阵我无法遏制的恐慌。

还没反应过来，我已经丢下水管，冲进屋子里。

我锁上自己的屋门，试着做起了家庭作业。我平静的心情到哪儿去了？我的决心呢？还有我的理智？就因为雪莉·斯道尔斯追求他，它们就全都离我而去了？我会有这种反应，是否只是因为旧日的竞争？

我必须放下布莱斯和雪莉的事。他们俩很合适——就让他们在一起吧！

但是，内心深处，我知道自己就像刚刚发芽的小草，还不够强大，禁不住别人的踩踏。在我强大起来之前，只有一个办法：必须远离他们。我需要把他隔离出我的生活。

于是，我躲开任何有关“篮子男孩”的消息，在学校里避开布莱斯。如果我不小心碰到了他，只是说一句你好，把他当成一个我不熟悉的人。

这个方法奏效了！我一天比一天强大起来。谁在乎拍卖和“篮子男孩”？反正我不在乎！

星期五的早晨，我起得很早，捡起鸡窝里寥寥无几的鸡蛋，给前院浇水——现在那里已经有了明显的绿意，吃早饭，然后准备去上学。

梳头的时候，我却忍不住想起了雪莉·斯道尔斯。今天是拍卖的日子，她也许五点钟就起床了，把头发做成某种蓬松得不可思议的形状。

那又怎么样？我对自己说。那又怎么样？但是当我匆忙穿上夹克的时候，我盯着存钱罐，犹疑着，假如……

不！不——不——不！

我跑进车库，找到自行车，把它推上车道。刚骑到路上，斯杜比太太就突然跑出来拦住我。

“朱莉安娜，”她喊道，冲我挥着手，“这儿，亲爱的，拿着这些钱。对不起，这么长时间都没有拿给你，早上我总是错过你。”

我甚至不知道她欠了我多少钱。那一刻，我也不在乎。我只知道她手里最大面额的是十元钞票，简直把我吓了一跳。“斯杜比太太，别这样。我……我不要钱。你不需要付钱给我。”

“别这么说，孩子！我当然要付你钱。拿着！”她一边说，一边把钱塞给我。

“不，真的不用。我……我不要这些钱。”

她把钱插进我的牛仔裤口袋：“别再说啦。走吧！去给你自己买只公鸡！”然后，她就匆匆地走回家去了。

“斯杜比太太……斯杜比太太？”我在她背后喊着，“我不想买什么公鸡！”但她已经走了。

去学校的路上，斯杜比太太的钞票似乎要在我的口袋上烧出一个洞，我的心里也几乎被烧出一个洞。到底有多少钱？

到了学校，我停好自行车，把钱铺开。十，十五，十六，十七，十八。我把钱拢在一起，放回口袋里。这会不会比雪莉带的钱更多呢？

整个第一堂课，我都在对自己居然有这个念头而大发脾气。整个

第二堂课，我一直努力不让目光停留在布莱斯身上，但是，哦！这太难了！我以前从来没见他戴过领带和袖扣！

课间休息的时候，我来到自己的储物柜那里，雪莉·斯道尔斯突然不知道从哪里冒出来了。她径直走到我身边，说："我听说你打算对他竞价。"

"什么？"我向后退了一步，"谁说的？我没有！"

"有人看到你早上带了一大卷现金。你有多少钱？"

"这……这不关你的事。而且我不想出价，好吗？我……我甚至一点儿也不喜欢他，再也不喜欢了。"

她笑了："哦，今天会是美好的一天！"

"没错，"我砰的一声关上储物柜，"去把你的钱浪费在他身上吧，我不在乎。"

我留下她一个人目瞪口呆地站在那儿，感觉甚至比给她来个过肩摔还要好。

这种感觉一直留存到上午十一点，全体学生聚集到体育馆为止。我不会为布莱斯·罗斯基竞标的。绝对不会！

"篮子男孩"们走上台。布莱斯拿着野餐篮子，边沿上露出红白格子餐巾，他看起来多可爱呀。随即，一幅雪莉·斯道尔斯抽出其中一块餐巾铺在腿上的画面，几乎点着了我口袋里的钱。

达拉出现在我身后，低声说："据说你带了很多钱。是真的吗？"

"什么？不！我是说，是的，但我……我不会竞标。"

"噢噢噢，姑娘，瞧你。你还好吧？"

一点儿也不好。我胃里翻腾着，膝盖打软。“我很好，”我告诉她，“很好。”

她的目光在我和舞台之间转来转去，最后回到我身上：“除了自尊以外，你不会有任何损失。”

“别说了！”我恶狠狠地在她耳边说。就像犯了焦虑症一样，我快不能呼吸了。

我感到一阵头晕，整个人摇摇欲坠——仿佛我无法控制自己的身体。

达拉说：“也许你应该坐下来。”

“我很好，达拉，我很好。”

她冲我皱着眉头：“我想我得在这儿多待会儿，保证你没事。”

推进者俱乐部主席麦克卢尔夫人刚才穿梭在“篮子男孩”身边，帮他们整整领带，下达最后的指示，现在她忽然站在台子上，敲着手里的小木槌，声音通过麦克风传出来：“等你们都坐好了，我们就准备开始。”

我还从来没见过六百个学生这么快就安静下来。我猜麦克卢尔夫人也没见过，因为她露出一个微笑，说道：“哎呀，谢谢大家。非常感谢。”她接着说，“欢迎参加第五十二届年度‘篮子男孩’拍卖会！我知道老师已经在教室里给你们讲过拍卖流程，但我还要提醒你们几件事：这是一个文明的过程。不允许做出任何吹口哨、喝倒彩，或其他有失身份的行为。如果你想竞标，必须把手举高。禁止不举手就出价，假如你决心做个小丑，将会被抓住并延缓或禁止出价。都清楚了吗？很好。”她环视着体育馆，“老师们，我看到你们已经就位了。”

六百颗脑袋慢慢地左右巡视，看着体育馆两侧由教师组成的封锁线。

“上帝啊，”达拉悄声说，“他们留下这么大的空间不是为了娱乐的，对不对？”

麦克卢尔夫人接着说：“最少出价是十美元，当然，上不封顶，不过我们不接受赊账。”她指了指右边，“当我宣布篮子成交之后，胜出的竞拍者直接去北门那里的餐桌。就像你们听说的那样，胜出者和她们的‘篮子男孩’可以不用上今天剩下的课，并且免除今晚一切家庭作业。”她对封锁线笑了笑，“老师们，我们十分感谢你们的支持。”

“好吧，就这样！”她戴上老花镜，看着一张卡片，“第一个篮子，由杰弗里·毕肖提供。”她从眼镜上方看着他，说道，“走上来，杰弗里。别害羞！”他往前蹭了几寸，她接着说，“杰弗里带来了一顿顶级大餐，包括鸡肉沙拉三明治、中式面条、迷你葡萄、冰茶以及幸运饼。”透过眼镜，她冲他微微一笑，“听起来很美味，也很有趣！这就是——”她回头看着人群，“杰弗里！他喜欢滑板、滑雪以及游泳，不过女士们，他也喜欢在公园里度过一整天以及观看亨弗莱·鲍嘉的电影。”她转向杰弗里，笑着说，“意外之喜，对不对？”

可怜的杰弗里试着微笑，但你能看得出来——他恨不得去死。

“好啦，”麦克卢尔夫人摘下眼镜，“有人出十元吗？”

不止十元，她听到有人说十二、十五、二十还有二十五！

“继续……继续……成交！”麦克卢尔夫人喊道，“那位穿紫外套的年轻女士！”

“那是谁啊？”我问达拉。

“我想她叫泰芬妮，”她说，“她是七年级的。”

“真的吗？哇。去年我根本就没出价！而且我……我也不记得价格涨得这么快。”

达拉盯着我：“也就是说，你今年也许会竞标咯？你有多少钱？”

我的目光几乎能在她脸上烧出一个洞：“达拉，我不是有意带钱来的！我的邻居在我上学路上非让我收下不可，因为她欠我鸡蛋的钱，而且——”

“鸡蛋？哦，就是布莱斯在图书馆说的那些？”

“没错，而且——”我看着她，她也看着我，然后我冷冷地停了下来。

“你怎么会想要去竞标那个男孩？”

“我不想！但我曾经喜欢过他很长时间。达拉，我从七岁就开始喜欢他了。虽然我知道他是个懦夫，是个鬼鬼祟祟的家伙，我不应该再和他说话，可是这很难做到，尤其是，雪莉·斯道尔斯在追求他。现在我的钱都快把我的口袋烧出洞了！”

“好吧，我能理解关于雪莉·斯道尔斯的部分，不过，要是你认为那男孩是一大块奶酪蛋糕，吃下去是种罪恶的话，我可以帮你把节食坚持下去。”她伸出手，“把钱给我，我帮你拿着。”

“不！”

“不？”

“我的意思是……我能控制住。我一定要控制住。”

她摇摇头："哦，姑娘。看来我伤害到你了。"

我转过头看看舞台。拍卖进行得真快！马上就该布莱斯上场了。

竞标还在继续，而我内心的斗争也愈演愈烈。我该怎么做？

突然，体育馆陷入一片寂静，静得能听到一根针落地的声音。站在麦克卢尔夫人身边，窘迫得要死的正是琼恩·楚洛克。麦克卢尔夫人正在扫视着人群，看上去同样很不自在。

"怎么了？"我悄悄问达拉。

"没人出价。"她也悄悄答道。

"有人出十元吗？"麦克卢尔夫人喊道，"来呀，出价啊！这顿午饭很美味。草莓挞、烤牛肉和门斯特干酪三明治……"

"哦，不！"我低声对达拉说，"我不敢相信自己竟然对他做出这种事情！"

"你？你做什么了？"

"我投了他一票！"

"好吧，不可能只有你一个人选了他……"

"但是为什么没人为他出价？他……他人很好。"

达拉点点头："没错。"

我忽然知道该怎么做了。我举起手，喊道："十元！"

"十元？"麦克卢尔夫人颤声说，"有人出十元吗？"

我把手举得更高，对达拉说："报十二元。"

"什么？"

"报十二元，我会比你出价更高的。"

“没门！”

“达拉！他不能只拍到十元，快点！”

“十二！”达拉喊道，不过她的手举得并不高。

“十五！”我叫着。

“十六！”达拉喊，笑着看我。

我低声说：“达拉！我只有十五块钱。”

她瞪大了眼睛。

我笑了，喊道：“十八！”然后把她的手拽下来，“不过这真的是我所有的钱了。”

片刻安静，“十八元一次！十八元两次……十八元成交。”

达拉笑了：“哇，姑娘！好激烈的竞价！”

我点点头：“没错！”

“好吧，你吃不上甜点了。看来你把钱全花在了更……呃……健康的食物上。”她用下巴点点舞台，“你是不是要去餐桌那边了，就像你该做的那样？或者你想再待一会儿，观赏下面的厮杀？”

我几乎没有别的选择。麦克卢尔夫人还没来得及对布莱斯和他的篮子说一句完整的介绍，雪莉已经喊道：“十元！”然后，从体育馆的中间传来了“十二！”那是米兰达·休姆斯，手臂高高地指向天空。她们此起彼伏地喊着，价格越来越高，直到雪莉喊出“六十二！”

“我不敢相信，”我悄悄对达拉说，“六十二块钱！来啊，米兰达，快出价。”

“我想她出局了，雪莉胜利了。”

“六十二元一次！”麦克卢尔夫人喊，但是，在她说出“两次！”之前，从体育馆后排传来一个声音：“一百元！”

人人都屏住呼吸，转身朝后看去，到底是谁出的价。达拉低声说：“那是珍妮。”

“阿特金森？”我问。

达拉指着人群：“就在那里。”

她很容易被认出来，站在那儿比周围的人都高，穿着她几乎天天穿的一件印着七号的篮球背心。“哇，”我悄声说，“我都不知道。”

“也许她会为他给你一记重扣。”达拉咧着嘴笑道。

“管她呢，”我也笑了，“她给了雪莉一记重扣！”

麦克卢尔夫人通过麦克风激动地宣布这次出价打破了纪录，而米兰达身边涌起一阵骚动。我认出了雪莉的头发，第一个念头是她俩快要打起来了。但是，雪莉和米兰达一起转过身来面对着麦克卢尔夫人，喊道：“一百二十二元零五角！”

我强忍着没有尖叫出来：“什么？”

“她们联合起来了。”达拉悄悄地说。

“哦，不——不——不！”我朝珍妮看去，“上啊，珍妮！”

达拉摇摇头，对我说：“她已经退出了。”确实。布莱斯以一百二十二元零五角的价格卖给了雪莉和米兰达。

和琼恩碰头，一起去多功能厅吃午餐，这感觉有点奇怪。但是他人真的很好，我庆幸自己拍下了他。当我们在餐桌旁落座的时候，我并不觉得尴尬或是愚蠢，这只是一顿午餐。

假如他们没把我安排在正对布莱斯和他那两位后宫的位置，可能就不会有那么多麻烦了，不过，我尽可能忽略掉他。琼恩告诉我，他和他爸爸怎么从零做起，制造无线电遥控飞机的故事，他足足干了快三个月，而这个周末他们终于要试飞了。他还给我讲了个好玩的故事，关于他怎么焊错了电线，结果点着了他家的地下室，然后我问起无线电遥控飞机的工作原理，因为我真的没有听明白。

就这样，我放松多了，而且跟琼恩一起吃午餐真的很愉快。我非常庆幸自己没有为布莱斯竞价，我差点就当了一次大傻瓜！看着雪莉和米兰达不断地奉承他，我并没有像自己想象的那样困扰。真的，她们看起来可笑极了。

琼恩问起我的家人，于是我讲起哥哥们和他们的乐队，这时，布莱斯的餐桌旁边掀起了一阵骚动。

突然间，雪莉和米兰达像只巨大的毛球一样滚倒在地，用食物互殴起来。

布莱斯不知从哪儿冒出来，出现在我们的餐桌旁边。他抓起我的手，把我拖到一边，低声说："你喜欢他吗？"

我惊讶得不知所措。

他抓住我的另一只手，又问了一遍："你喜欢他吗？"

"你是说琼恩？"

"是的！"

我不记得自己是怎么说的了。他直视着我的眼睛，紧紧地抓住我的手，然后把我朝他的方向拉了过去。我的心跳得飞快，而他闭上眼睛，他的脸离我越来越近……就在这里，当着所有“篮子男孩”、他们的约会对象，以及大人们的面，他要吻我了。

吻我。

我慌了。我一辈子都在等待这个吻，但是，现在？

我挣脱了他，跑回自己的餐桌，当我坐下的时候，琼恩低声问道：“他是不是想吻你？”

我把椅子转开，不再对着布莱斯，然后低声回答：“我们能不能聊点别的？聊什么都行。”

人们正在窃窃私语，并朝我这边看过来，当雪莉·斯道尔斯在洗手间清洁完毕回到屋子里，大家都不说话了。她的头发看上去可怕极了。她头上油乎乎的，头发里还挂着小块的食物。她狠狠地瞪了我一眼，就像她的眼睛能发射激光一样。

几个大人把她带回座位，这时屋子里窃窃私语的声音更大了。布莱斯看起来根本就不在乎！他一直试着靠近我，跟我说话，可他不是被老师拦住，就是在有机会开口之前被我推开。

当下课铃终于响起，我迅速向琼恩道别，匆匆跑出大门。我从没这么快取过自行车！头一个冲出学校，我一路疯狂地踩着踏板回到家，肺里火烧火燎。

斯杜比太太正在房子前面浇花，她想跟我说些什么，可我只是把车扔在路上，逃进屋子。我根本不想说什么公鸡的事！

妈妈听见我砰地关上门，就走进房间来看我：“朱莉安娜！出什么事了？”

我仰面躺在床上，面对妈妈，哭着说："我心里很乱！我不知道该怎么想、怎么做……"

她在我身边的床沿上坐下，抚摩我的头发："告诉我发生了什么事？亲爱的。"

我迟疑了一下，然后绝望地伸出双手："他想吻我！"

妈妈努力控制着自己，但她镇静的表情之下，一个微笑正在慢慢绽开。她靠近我，问道："谁？"

"布莱斯！"

她踌躇着："你不是一直喜欢他……"

门铃响了，然后响了又响。妈妈想站起来，可我抓住她的胳膊："别开门！"门铃再次响起，紧跟着是重重的敲门声，"妈妈，求你了！别开门！可能是他！"

"可是亲爱的……"

"我已经不喜欢他了！完全不喜欢了！"

"从什么时候开始的？"

"从上星期五，那顿晚餐之后。我们在罗斯基家吃过晚饭之后，就算他从地球表面消失，我都不在乎！"

"为什么？晚餐上还发生了什么我不知道的事吗？"

我把自己埋进枕头："这很复杂，妈妈！我……我没法告诉你。"

"上帝，"她沉默片刻，"别耍小孩脾气。"

"对不起。"我呜咽着说，知道自己让她伤心了，我从床上坐起来，"妈妈，这些年我真的一直都喜欢他吗？我从没有真正了解过他。

我只知道他有一双我见过的最漂亮的眼睛，他的笑容像阳光融化黄油一样融化了我的心。但我现在知道，他内心深处不过是个懦夫，是个鬼鬼祟祟的家伙。所以我必须忘记他的外表！”

妈妈向后靠过去，抱着双臂。“好吧，”她说，“这真伟大。”

“什么意思？”

她抽紧一边的脸颊，接着又抽紧另外一边。最后她说：“我不该跟你讨论这个。”

“为什么？”

“因为……就是不应该。另外，我敢说你也有不愿意跟我讨论的话题……”

我们互相对视着，谁也没说话。最后，我低下头，小声说：“查特和我修整院子的时候，我告诉他房子不是我们的，还有戴维叔叔的事。他一定是告诉他家其他人了，因为去罗斯基家吃晚饭的前一天，我不小心听到布莱斯和他的朋友在学校取笑戴维叔叔。我当时很生气，可我不想让你知道，因为你以为他们请我们去吃饭，只是为了向我们道歉。”我看着妈妈说，“受到邀请，你看起来那么高兴。”

然后我忽然明白了什么事：“还有，从那天以后，你看起来开心多了。”

她握住我的手，笑了：“我有很多值得高兴的事，”她叹了口气，说，“而且我早就知道他们听说了戴维叔叔的事。你对别人提起他，这真的没有关系，他不是个秘密。”

我直起身：“等等……你怎么知道的？”

“佩西告诉我了。”

我惊讶地眨着眼睛：“她说的？在晚餐之前？”

“不，不。晚餐之后。”她顿了顿，“这个星期，佩西来了好几次。她……她正在度过一段艰难的日子。”

“怎么回事？”

妈妈长长地舒了一口气，说：“我想，你已经足够成熟到保守这个秘密了，我只告诉你一个人，因为……因为我想这跟你也有关系。”

我屏住呼吸，等待着。

“这段时间，佩西和瑞克之间爆发了非常激烈的矛盾。”

“罗斯基先生和太太？关于什么？”

妈妈叹气：“关于所有的事，我想。”

“我不知道。”

妈妈用非常非常轻的声音说：“佩西有生以来第一次看清楚了她丈夫是个什么样的人。虽然晚了二十年，有了两个孩子，但她还是做出了决定。”她冲我悲伤地笑着，“看来佩西正在经历和你一样的过程。”

电话响了，妈妈说：“我去接吧，好吗？爸爸说，如果要加班，他会打电话过来，也许是他。”

她走了以后，我想起查特的话，他认识的某个人从来没有学会透过表象看到本质。他说的是自己的女儿吗？这一切怎么会发生在二十年的婚姻生活之后呢？

妈妈回来之后，我心不在焉地问：“爸爸今天要加班吗？”

“那不是爸爸，亲爱的。是布莱斯。”

我坐起来："现在他想起打电话了？我在他对街住了六年，而他从来没给我打过电话！他这么做是出于嫉妒吗？"

"嫉妒？嫉妒谁？"

于是，我一点儿一点儿地讲给她听，从斯杜比太太开始，然后是达拉、拍卖、两个女生打架，末尾是布莱斯试图在众目睽睽之下吻我。

她拍着手，真的笑出声了。

"妈妈，这一点儿也不好笑！"

她努力坐直一点儿："我知道，亲爱的，我明白。"

"我不想落得像罗斯基太太一样的下场！"

"你不需要跟这个男孩结婚，朱莉安娜。你为什么不听听他要说什么呢？他不顾一切地想跟你说说话。"

"他想说什么呀？他已经把取笑戴维叔叔的错误都推到加利特身上了，抱歉，我不能接受。他对我说谎了，他没有为我站出来……他……他什么也不是，我根本不想喜欢上他。喜欢他这么长时间，我只是需要时间把他忘掉。"

妈妈坐在那里沉默了很久，脸轻轻地抽动着。然后她说："你知道，人是会变的。也许，他最近也受到了一些启发。诚实地说，任何一个敢于在大庭广众之下亲吻女孩的男孩子，在我看来都不是懦夫。"她抚摩着我的头发，轻声说，"也许你对布莱斯·罗斯基了解得还不够深。"

她把我一个人留在房间里继续纠结。

妈妈明白我需要时间来思考，但布莱斯就是不肯让我一个人待着。他不断地打电话、敲门，居然还绕过房子，来敲我的窗户！每一次我转过身来，他总在那里纠缠着我。

我想安安静静地给院子浇水。我希望在学校能躲开他，或者让达拉帮我挡住他。他为什么就是不明白，我对他要说的话根本不感兴趣？他还能说什么呢？

想一个人待着真的很过分吗？

今天下午，我正在门厅里读一本书，为了躲开他拉上了窗帘，就像我这个星期一直以来那样。这时我听到院子里传来一阵噪声。我朝外面偷看了一眼，是布莱斯，他正穿过我的草坪，踩在我的小草上面！他还扛着一把铲子！他想拿它来干什么？

我跳下沙发，冲出家门，跑到爸爸身边。“让他停下来！”我尖叫着。

“冷静点，朱莉安娜，”他说，并把我拉回屋子里，“是我允许他这么做的。”

“允许！允许他做什么？”我跑回到窗户旁边，“他在挖洞。”

“没错，是我同意的。”

“可是为什么？”

“我觉得这男孩的主意不错，就这样。”

“但是——”

“这不会伤到你的小草，朱莉安娜。就让他去做吧。”

“可是，他要干什么？他在干什么？”

“看着他。你会发现的。”

看着他在我的草地上挖洞是一种折磨。他挖了好大一个洞！爸爸怎么会允许他在我家院子里挖洞呢?

布莱斯也知道我在这儿，因为有一次他看了我一眼，点点头。没有笑，没有打招呼，只是点了点头。

他拖过来一些盆栽用的土壤，用铲子划破袋子，把土倒进洞里。然后他消失了。回来的时候，他费力地扛着一棵用麻袋裹住根部的巨大的树苗穿过草坪，他一边往前走，树枝一边前后摆动，窸窣作响。

爸爸走过来，陪我一起坐在沙发上偷偷地看着窗外。

“一棵树？”我悄声说，“他要种一棵树？”

“我想帮他，可是他说他必须自己动手。”

“这是棵……”剩下的半句话卡在我喉咙里。

我根本不用问，他也知道他用不着回答。从叶子的形状和树干的质感，我能看得出来。

这是一棵无花果树。

我从沙发上跳起来，又坐了回去。

一棵无花果树。

布莱斯把树种下去，浇水，收拾好东西，然后走回家去。我只是坐在那儿，不知道该怎么办。

现在，我已经在那儿坐了好几个小时，望着窗外那棵树。它现在也许还小，但它会一天天长大。一百年后，它将会超过屋顶。它会向着天空伸展好几英里！我已经能够看出——它将会是棵神奇、壮美的大树。

我忍不住在想，一百年后，会不会有个孩子像我在克里尔街那样爬到树上去？她会不会看到我曾经看到的风景？这会不会改变她的生活，就像它们改变了我的生活一样？

我也忍不住想起了布莱斯。他想对我说些什么？他在想些什么？

我知道他在家，因为他不时从窗户向外眺望。不久前，他刚刚举手朝我挥动着。而我实在忍不住——我也微微挥手作为回应。

那么，也许我应该走过去，感谢他种了这棵树。也许我们可以坐在门廊上谈谈。我突然想到，我们认识了这么久，还从来没这样做过呢。

从来没有真的坐下来好好谈一谈。

也许妈妈是对的。也许我对布莱斯·罗斯基了解得还不够深。

也许现在是时候了。

来自文德琳的致意

——关于书迷来信

一、你让我的一颗心悬着

这些年，我收到了很多读者因为《怦然心动》而给我写的信，有的信里画有小鸡或者树的插画，有的信里涂满了日出或者日落的色彩，有的是手写的，有的是打印的。这些信虽然千差万别，但几乎都在诉说着同一件事：

拜托啦，拜托啦，请继续写《怦然心动》的续篇吧！

接着是谴责：你让我的一颗心悬着！

以及要求：我得知道！我必须得知道！接下来发生什么啦？

我能理解，毕竟朱莉在第一章末尾，她还在想着自己是不是和初吻无缘了，结果到了结局也没有亲吻，太遗憾了！

虽说来信很多，但我也尽可能地给每一位读者回信，毕竟，寄去一封热情洋溢的信，却石沉大海是多么让人心灰意冷。但是，我在信中的回复同样也让读者心灰意冷，我告诉他们：我不会再继续写《怦然心动》的续篇了。我从保存的信件里找到了一封回信，里面的解释如下：

我留下了一个开放式的结尾，是因为我想让读者自己去想象那些角色的未来——你觉得将会发生什么呢？我是说，如果你是主角的话，你会做什么呢？总的来说，我想让你的生活变成故事的续篇，想让你去构建未知的情节，去塑造你所熟知的角色，挖掘更深层次的含义，或者放眼更远的未来。构建你自己所坚信的未来，会让你的生活更加快乐，也许它会让你觉得艰难困苦，备受苦痛，但你最终会在生活里成长起来。比起花费时间去思考你要做什么或为什么你要这么做，你已经完成了太多太多。

下面还有一行字：

写《怦然心动》的续篇让我觉得很别扭。有时候给一部珍爱的作品添添补补，反而是画蛇添足。对我而言，我觉得《怦然心动》的结尾恰到好处，没必要把它弄得又长又臭。

是的，这就是我坚定不移的立场！

而且，我同样也会坚定不移地不参与任何“后来发生了什么”的讨论！

但是，这个世上总会有人让你变得优柔寡断、摇摆不定，总会有人让你备受感动，即便一开始那么信誓旦旦也不得不妥协。

那是在中西部某家书店里的一次朗读会上，在前来参加的读者里，有一位少年和他的母亲，他们开了三个小时的车才来到这里。

那个男孩患有大脑性瘫痪，所以动作有些迟缓和呆滞，说话的语速也比我们慢一些，但他仍旧是一个心思细腻而聪慧的小读者。从他和他母亲的互动来看，他还是一个非常贴心的男孩。

朗读会为前来参加的读者们准备了几排椅子，男孩和他母亲就坐在第二排。在读者提问的环节，那个男孩举起了他的手，有些吃力地提出了他的问题。

“《怦然心动》的结局后又发生什么啦？”

他有些忧心忡忡，但又满怀希冀。我明白了，这就是他会不远千里地开车来看我的原因。

我给出了我的官方答案，向他解释说我希望我的读者们可以用他们的生活来当作这个故事的幸福结局。

我能看到男孩脸上的希冀消失了，只剩下忧虑笼罩着。这次，他换了更加礼貌的语气问我：“但是发生了什么呢？”

这个问题意味着“我必须知道”，毕竟，是我创造了这个世界，塑造了这群人物，让他们在他脑海里有血有肉地活着。我为什么不能告诉他最后的结局呢？

他的眼里泪水在打转。

我怎么能，怎么能不告诉他呢？

于是，我抛弃了我那条“绝不参与任何有关《怦然心动》结尾之后的讨论”的底线，告诉他我知道他所盼望的一切。

他百感交集，欢欣雀跃，仿佛那就是他可以呼吸的动力。他含着泪水，一遍又一遍地向我点头致以谢意，而我也和他一样哭了。

所以，那是唯一一次例外，只为了不留下任何遗憾。

但我究竟说了什么呢?

不！我不会告诉你的，我所写下的就已经是全部的故事了。

所以，别再妄求了，去创造你自己的幸福结尾吧。

二、保持一颗坚强的心

作家在创作故事的时候经常会借鉴他们自己的经验，他们笔下的场景、人物以及事件都带有私人化的色彩。你不会将这些私人化的东西公之于众，而是将其藏匿在小说这个安全的避风港里。《怦然心动》就是这样一个例子。

我还记得，当有人问我母亲她想要一个男孩还是一个女孩的时候，她总是说："只要宝宝健康，男孩女孩都无所谓。"

我以为这不过是她的客套话罢了，宝宝当然是健康的！我之所以觉得女孩更好，是因为我已经有两个弟弟了，我想要个妹妹！

我的愿望成真了，我有了个妹妹，对此我是多么感激啊。但不久之后，我才真正理解了我母亲的智慧箴言。

我觉得我们女人在历经孩子"建造"（我喜欢这种说法）的过程当中，都没有意识到，稍有不慎就会走错路，而这是一件幸事。我们给孩子想名字，我们筑巢，肚子一天比一天大，直到有一天我们多么希望自己的身体能恢复如初。我们怀胎十月，含辛茹苦，呐喊着至理名言："我多么希望自己能有个袋鼠一样的袋子呀！"（这是我大约在1991年说的）最终，我们忘却了疼痛，深深地凝视着我们肚子里那凝结了爱与惊叹的小小生灵。然而，我们仍旧没有意识到，造化弄人，很多事情稍有不慎就会后悔终身。

当我的二儿子出生的时候，脐带缠住了他的脖子。

这是第二次了。

护士把氧气罩戴在我脸上的时候，我还在用力生产，我告诉她我不想戴它，而她却说："戴上它是为了宝宝。"

我并没有理解这句话的深刻含义。我吸着氧气，几分钟后，医生解开了缠在宝宝脖子上的脐带。随着我最后一次用力，我的儿子终于健健康康地降临到了这个世上。

很快，我们一家投入了崭新的生活，完全没有意识到我们曾和一颗子弹擦肩而过。多年后的一天，我的丈夫下班回来后给我讲了个故事，他一个同事的儿子在出生的过程中，因为脐带缠绕造成了大脑供氧不足，以致永久性脑损伤，将在轮椅上度过一生了。

我想你现在应该看得出来，关于书中戴维叔叔的故事来源于我心中的一个隐秘的地方。我从未想过要将这件事情公之于众，但是后来，我收到了一封来自中国女人的来信，正是这封信促使我要这样做。

在这封信中，她告诉我她和她的男友已经坠入爱河三年了，然而，因为一个现实的问题，他们却不能有一个幸福完满的结局：她男友的哥哥在出生的时候因为脐带缠住了脖子，成了一位智障儿。中国政府允许孩子有缺陷的父母生第二胎，于是他们生了第二个儿子（也就是她的男友）。然而，在中国传统文化中，她的男友必须肩负起照料父母的责任

（在这种情况下，还包括他智力有缺陷的哥哥）。她向我解释说，这也就意味着要是她义无反顾地和她深爱的男人结婚，她必须连带着也承担这种责任。

她在这封信中写道，虽然贝克一家有戴维叔叔这样的家人，但是他们仍旧不忘心中的那份坚定与善意，热爱着家里的每一个人。在读完之后，她备受鼓舞，决定去“面对生活中的艰难困苦，并尽最大努力去保持一颗坚强的心”。

保持一颗坚强的心。

多么优美的表达。

这段非同寻常的经历让我渐渐明白，原来我是多么幸运，而我以前竟一无所知。这份感恩开花结果，而这果实变成了一个漂洋过海，鼓舞了一个中国女孩的故事，而她又将自己的感悟回赠给我们。

当你面对生活中的挑战时，希望你也能保持一颗坚强的心！

三、除了“你让我的一颗心悬着”以外的信

我在保存了关于《怦然心动》的信件的一个又一个的盒子里掘地三尺。十五年的信件全在这里了，每一封都是珍宝。当然，除了那些抱怨贝克兄弟乐队队名的信件——这些人没什么幽默感。以下是我最珍爱的几封信件的节选。

《怦然心动》是我现在读到的最好的书了，你都不知道我和这本书有多少千丝万缕的联系。老实告诉你，我只是想在书架上随便找本书，没想到却在《怦然心动》里学到了很多。你真的让我的生活“怦然震动”！

我买了你的《怦然心动》作为我重孙女二十岁的生日礼物，我读完这本书，也很喜欢它，朱莉是多么完美的角色啊！

你应该会觉得对于一个像我这样的男孩来说，读《怦然心动》这样多愁善感的小说是很愚蠢的吧，但不是这样的。我很喜欢读你的《怦然心动》。我感觉自己好像就站在书中，目睹着一切的发生，体验着全部的情感。我读过很多书，但你的作品对我而言更有意义，也寄托着更多的情感。我很心疼朱莉，心疼她那破碎的心。

你的书将会永远改变我的生活，太感谢你了。我需要这种转变，否则我将会一直记挂着我曾经爱过的家伙。

第一次读你的《怦然心动》的时候，我才十二岁，刚刚搬到了一座大都市。我很迷茫，不知道要如何适应我的新学校，那里跟我之前的学校不一样，那里的学术氛围很浓郁。我觉得自己根本赶不上我的同学，所以我想用不同的方式脱颖而出。我换了发型，穿着出格的衣服，不想再拿什么好分数了。直到读了你的书，我才意识到，想要与众不同并不比循规蹈矩高明。我始终无法面对真实的自己，明明我想成为朱莉安娜，却反而将自己弄得跟小说里的雪莉·斯道尔斯一样。我很感谢你写了这部小说，这是我真正需要的。

在读《怦然心动》之前，我还在好奇生活中最重要的是什么?而今后，我将和朱莉一样，细数生命中的幸福。而我也坚信，和爱比起来，再富足的物质都是微不足道的。

你的书真正教会了我，看到他人外表之下的灵魂是多么重要。我相信，你作品的主题真正改变了我的未来。

你的小说《怦然心动》让我陷入了一个大麻烦。我的老师叫我们在三个小时的阅读结束后开始学习，但我却一直在读这本书。我读得如痴如醉，都不知道老师在说什么。结果她大声叫出我的名字，说："把书放下！"我太痴迷《怦然心动》了，因为它很像生活。从某种意义上说，它是非虚构的，而且富有教育意义，我的老师也很理解。

情感会在不知不觉间感染我们，然而我们却视而不见。在读你的书之前，我对爱并不了解。虽然我才十二岁，但重要的是，我明白找到一个所爱之人是多么幸运，我也知道爱会让人误入歧途。朱莉和布莱斯让我看到了一个全新的世界。

《怦然心动》让我反思很多。我相信所有人，不论是怪癖的、粗鲁的还是刻薄的人，他们都还是好人。没有人生来就是坏人。

从不同的人的角度来看待事物，就会呈现出不同或者完全不同的看法，这其中的不同太让人诧异了。读到朱莉安娜的部分时，我意识到在读布莱斯的部分时的我存在着偏见。从这一点我知道了，对同一件事物要从不同的角度去看待是多么重要。

听说你就是那位朱莉安娜·贝克，那个曾经坐在无花果树上的女孩，哪怕工人们要来砍掉那棵树的时候也不肯下来。如果你就是朱莉安娜·贝克，那么我想说，能见到你真的是太荣幸了。

我太喜欢你的作品了，因为它太真实了。它浪漫、有爱、动人而又有趣，而且教会了我看待一个人就要感受他的内心，而不是只看外表。

有那么一阵，阅读对我来说很无聊、愚蠢而又诡异。几乎所有的书都有一些很无聊的部分，所以我从来没有读完过一本书。接着，一个朋友告诉我我必须去读一读《怦然心动》，结果我就读得废寝忘食。你的书彻底改变了我。

你真的不能不爱这本书。

哇！我能说什么？当我一开始读《怦然心动》的时候，我简直手不释卷。我只花了三个小时就读完了，我最喜欢的就是朱莉安娜为她的信仰而坚持着。这本书改变了我思考的方式，因为我再也不会考虑别人是怎么看我的了。从这本书中，我了解到了更多的自己。

《怦然心动》改变了我看待一些人的方式，教会了我去给别人第二次机会。这是迄今为止我读到的最好的小说了，为什么没有续集？

你把文字变成了魔法，在读完整本书之前，我根本就停不下来。

在很长一段时间里我都没有像这样放肆地笑过了，我真的笑得停不下来。你是唯一一个在这个世界上懂得孩子的大人。你为什么不是我的妈妈呢？

直到读到《怦然心动》之前，我都没有想到一本书可以改变你看待事物的方式。我开始观察人真正的自我，还有他们真实的色彩。

朱莉教会了我不管实现我们的信仰有多么艰难，我们都要坚持不懈。布莱斯教会了我随意评判一个人是不对的，更会让我们误解他。他向我们展示了有些人虽然看起来很古怪，但是当你在他的内心深处点亮一盏灯时，你将会以不同的方式看待他，你会觉得他一点儿也不古怪了，他只是和你不同罢了。

那些角色内心的情感，从纸页上走到了我的内心里。

读你的书，简直就是给我当头一棒，一次现实的拷问。朱莉让我备受鼓舞，她对于别人的看法一点儿也不在乎，但是我却很在乎。朱莉每天忧愁的是怎么去给她的小鸡雏喂食，还有她的叔叔。而我每天担心的是今天的发型怎么样，穿得好不好看，这本书让我看到了我每天的担心是多么不值一提。就像我说的，这本书像一次现实的拷问！

《怦然心动》真的非常鼓舞我，让我成为一个更好的人，发现自己真正的一面。

虽然人们总是标榜自己不会随意评判他人，但如果不给其他人贴个标签，他们还是不会真正了解他人，并且毫不自知。《怦然心动》改变了我为人处世的方式，也就是像在幼儿园里就教给我们的那样——己所不欲，勿施于人——现在我总算明白了。

——关于电影

一、好莱坞是如何注意到《怦然心动》的

我从儿子的身上学到了一个道理：永远不要低估无名小卒的力量。

我说的这个小卒，不是说那种轻易就被人所操控的人，而是说，这样一个在前线勇敢战斗的默默无闻的小兵，他们总是活在他人的光彩之下，或者被人觉得无足轻重。

我跟我儿子下象棋的时候，我儿子总是会用一种难以察觉、出其不意的方式让小卒前进，最后竟然能用小卒吃掉我的国王、王后，让我节节败退。每次儿子以这种方式胜利后，我都会很懊恼，甚至觉得备受侮辱。当然，游戏是公平的，每当你蔑视小人物的力量时，你就会被他打败。

在生活当中，很多时候我都觉得自己是个无名小卒。而在我的写作中，我会捍卫他们，让无名小卒们立下丰功伟业，我喜欢这样的故事！

如何将《怦然心动》拍摄成电影，对于电影的幕后人员是一种挑战——这群人的影响力总是会被忽视，也很容易被观众遗忘，这很不公平。

我努力在生活中保持感恩的心态，这包括细数自己的幸福，找到黑暗中的一丝希望，铭记那些一路走来帮助过我的人。

所以，在这里，我要再一次说明、坦承，再一次感谢我这本“小书”何德何能可以得到罗伯·莱纳——拍摄过《公主新娘》《伴我同行》《遗愿清单》等好片的导演——的青睐。

通常来说，一本小说或者一个剧本能得到好莱坞导演的注意，都是通过中间商或者编剧的引荐。除此之外，那些尽人皆知的超级畅销书自然也能得到他们的关注。但这本书却很不一样，因为罗伯·莱纳做了一件很不好莱坞的事情：

他读了这本书。

我何其有幸，能让罗伯·莱纳读到我的书呢？而且，为什么罗伯·莱纳会读一本这么“孩子气”的书呢？

这个问题的答案是：他是一个好父亲。某天，他们一家准备去度假，在去目的地的飞机上，他的儿子本来应该在做家庭作业的，其中也包括读学校指定的书。但他的儿子很不情愿，毕竟是在放假啊，他们可以做其他好玩的事情。

于是，罗伯提议他们一起来读这本书。

是的，这本书就是《怦然心动》。

但是等一下，为什么《怦然心动》是家庭作业呢？它毕竟跟课程学习无关，它只是一个故事，一个浪漫的喜剧而已。

所以，这里就是有趣的地方，你将会看到无名小卒的威力。

《怦然心动》之所以能够成为加利福尼亚州许多学校的课程指定书

目，是因为它荣获了“加州年轻读者奖”，这个奖是由孩子们进行投票的，面向的是在美国出版的全部图书。很多州都有这个类似的奖项，但不同之处在于，其他州的入围名单上通常都有十到二十本书，而加州的这个奖项每种题材的图书只会有三部作品提名。所以，即便是入围这个奖项，也是一种荣誉。

而且，一旦你赢得了这个奖项，那就是因为：孩子们喜欢你的作品！

啊，不过还要等一下，在整件事情中，我们还不能贸然得出孩子们就是那个无名小卒的结论，不能说正是因为这群孩子让罗伯·莱纳注意到了这本书。是的，他们的确投票了，但是，若我们把事情再往回倒推一步，再问一句：为什么从一开始，《怦然心动》就能登上这个奖的入围名单呢？

这里，就是我们追溯到的整件事情的起源了，那是一个出乎意料的开端：《怦然心动》之所以能够得到罗伯·莱纳的青睐，是因为加利福尼亚州某个地方，一个图书管理员很重视这本书，并将它推荐上了名单。

一部电影可以追溯到某个图书管理员。

我喜欢这个想象，喜欢整件事进展的路径，喜欢一件微不足道的小事情可以掀起大波澜。我喜欢这样提醒自己，如果在生活中贡献那么一些小小的事物，比如：一个微小的善意、一种支持、一次援手，这些事物或许就能以我难以想象的方式去感动别人。

让这些微小的事物萦绕在你的生活里：无声的支持、微小的善意。在你生活的棋盘上，永远不要低估——或者说忘了感恩——那些无名小卒的力量。

二、好莱坞式的结尾

在回复那些前来询问续集的信中，为了能安抚那些渴望续集的焦虑心情，我都提到好莱坞已经看中了这本书，毫无疑问，电影会有一个好莱坞式的结尾。

“去看电影吧。”我说，“我向你保证——布莱斯和朱莉会亲吻的。”

要是好莱坞的人能看中你的某部作品，这只是意味着他们拿到了这部作品的优先权罢了，但这并不是说他们就一定会有任何后续动作。他们会先给作者支付一笔微薄的报酬，然后再看看他们能做什么。

被看中并没有什么用，因为需要各方面的合力才能把一部小说改编成电影搬上银幕，而这其中，能被改编的图书真是少之又少。

《怦然心动》被一家电影制作公司看中已经有好几年了，感觉永远都不会拍成电影。我不断听说，新的剧本正在制作当中，然后两位新人明星有望出演，然后等一下，我又听说艾芙隆在创作剧本，然后……然后……然后！

我把这些传闻当作生活的调味料，每次听起来都激动人心、信誓旦旦，但最终又会落空。

然后，我接到了罗伯打来的电话，听到了他和他儿子的故事，他对于电影的想法，还有他和他的写作团队正在创作剧本，以及他们要如何将剧本打造成像书一样。“我喜欢书！不然我为什么每天跟书打交道？”

对于一个作者而言，再也没有比这更甜蜜的话了。

我的四周恍若有天使在唱歌。

接着，他提出了小说发生的年代问题。他在书中看到了一种纯朴，而这种纯朴代表了更早的年代。考虑到近代历史当中改变了我们国家的种种事件，他认为自从约翰·肯尼迪被刺身亡以后，我们国家开始丧失了这种纯朴。所以，虽然我小说中的故事是很现代的，但他想将电影里的时代设定在1957年—1963年。

这听上去是个好原因。

我意识到他考虑得非常全面，他畅谈着他的想法和意图，而不必负任何法律责任。

天使仍旧在歌唱！

接到剧本的那一天，我异常激动，这跟我之前所看到的《怦然心动》的改编剧本都很不一样。

它看上去就像一本书！

包括……哇哦！结尾。

那几天，我一直焦虑不安，随后安排了一次去洛杉矶的城堡石的行程，秘密商谈电影的结尾。

这很重要！

我曾答应过书迷们，布莱斯和朱莉会接吻的……

在走廊上，罗伯看到我的第一句话就是：“你比我想象中要高。”他带我去了他的办公室，里面堆满各种牛仔风格的家具，整个树干被拿来当作椅子扶手。我陷进一张皮质沙发里，感觉自己像是爱丽丝梦游仙境一般，墙壁上装裱着各种电影的海报，我幻想着有朝一日《怦然心动》的电影海报可以挂在《公主新娘》旁边。

“艾伦！”一个人刚好经过门口，罗伯叫住了他，“艾伦，进来，看看文德琳。”

我费力地从沙发里站了起来，和这位《怦然心动》的监制握了握手。真没骗你，他跟我说的第一句话是：“你比我想象中要高。”

作者们要当心了：大家都会从你的书的封底上的小照片来判断你的身高。

一阵寒暄过后，我们坐下来开始谈论我造访的目的。“这次来，我代表的是全美国的孩子。”我这么告诉他，然后向他形容纷至沓来的信中是多么希望看到续集，还有那些热情而执着的孩子非要看到布莱斯和朱莉亲吻不可。“你可以把这段画面放在片尾的演职员表中。”我建议，“比如布莱斯和朱莉开始了解彼此，你知道的，比如他们骑车、爬树、喂鸡、谈笑，然后在演职员表末尾的部分，他们亲吻了！”我向他保证，孩子们会一直坐在电影院里，一直等到演职员表结束，毕竟这是他们多少年来一直盼望的啊。

他友好地听着我说话，摩挲着自己的脸颊，沉思着。

“我会好好考虑的。”他向我承诺。

如若不然，结尾的部分他一定会忠实于原著的。

每每回想这件事，我都会忍不住大笑。我是说，有多少作者会跑去恳求导演，叫他们把电影拍得和原著不一样呢？

据我所知，我是唯一一个。

三、现场拍摄

当我准备离开罗伯的办公室时，他邀请我去一趟密歇根，《怦然心动》将会在那里拍摄。“我不知道。”我告诉他，“我旅行太多次了，而我不想一直在路上……”

当我离开城堡石时，行政助理悄悄问我：“他有邀请你去密歇根吗？”

“是的。”我回答，“但我旅行太多次了……”

回到家，我的电影代理人想要做一次报道，在谈话过程中，她问我：“他有邀请你去密歇根吗？”

“是的。”我说，“但我旅行太多次了……”

“你这么跟他说的？”

我承认是的，我的确是这么明明确确告诉他的。她嘲笑我太“自命不凡”，还给了我非常有价值的指导意见：当一个像罗伯·莱纳这么功成名就、闻名遐迩的导演邀请你去现场拍摄点时，你就应该去。

所以我去了。

之前，我从不知道拍摄具有年代感的电影是一件如此艰巨的任务，摄制组对于细节的把控简直太难以置信了，从衣柜到着装、街道指示牌、汽车、自行车、车牌，再到游乐场设施，处处都透露着一种“年代感”。在拍摄现场让我学到了很多，也让我觉得一些地方很奇怪。

第一件事，就是所有人对我都很友好，都在说："哇哦！她就是作者！"这让我很意外，因为根据一些可靠的报道，我对于好莱坞对作者的看法都是这样的："哦，书这么写还行，但电影毕竟不是书，所以不要妄想我们会需要你了！"

另一件让我觉得奇怪的事，是一个最初诞生在我脑海中的故事，是如何开花结果，这是一项如此浩大的工程，既需要复杂的场景设置，还需要装了几个仓库的设备。除了一些已经用过的学校、房屋、仿制房屋以及其他场景，一个汽车装配工厂被改造成了《怦然心动》的仓库，里面装满了各种设备、油漆、艺术设计品、服装部门，乃至办公室以及所有"房子"都设置在里面。仅仅是配合每个人每天的行程安排就是一项巨大的工作。

一些电影场景直接脱离小说，但即便是亲眼看见了，我也不敢相信是真的。我曾有过这样的构思，然后变成了小说，接着又变成了电影，我一步一步跟随着它的改编，但是，听到穿着复古服装的活生生的真人说着我的台词还是太奇怪了，仿佛时光穿梭一般。我就在这里，目睹着多年以前被创作出来的故事变成了真实世界的画面。因为是具有年代感的电影，所以一切都像是发生在过去——比创作的时间还要早的过去。

一段很"莫比乌斯"的体验。

剧组的采景人员皮特给我们讲寻找适合的复古学校的有趣故事（很意外地得知，被选上的学校里的学生们都非常熟悉这本书），还有他们得在同一个街区找到两栋相对的房子当罗斯基和贝克两家的房屋，以及他们去寻找一棵完美的无花果树的漫长的心酸历程。

“我带他去看树。”皮特是这么说罗伯的，“他摇着头说不行，然后我去找另一棵树带他去看，还是不行，树不太好。”最终，皮特终于找到了一棵壮硕而茂盛的无花果树，但偏偏却在城市公园，长在一个老式的篮球场旁边，连汽车通道都没有。看来是不行了，因为他们需要拍摄一个校园巴士停靠在树旁不远的路边的场景。

无望之中，皮特还是带罗伯去看了那棵树。罗伯说：“就是那棵树！”

为了用这棵树，他们给市政府支付了一大笔钱，才被允许拆除那个篮球场地，建造了一段仿制的公路，等场景拍摄结束以后，他们会拆除这条仿制的公路，重新建一个崭新的篮球场地。

换作其他导演，也许他们干脆就会用一棵橡树，或者榆树，再不济就是一棵路边的大树。但是罗伯·莱纳非常忠实于原著，哪怕要临时改造城市公园，也在所不惜。

整段经历都十分梦幻，我学到了很多，其中之一就是再也不会去抱怨一张电影票有多贵了，因为电影拍摄需要投入大量的资金。

我知道，我之所以能幸运地拥有这段经历是因为罗伯·莱纳喜欢这本书，并且想要把它改编成电影，而正是由于他的威望以及名声才使这件事得以实现。我知道，电影拍摄也是一种商业行为，但是他给我的感觉却是，拍电影也是他爱的结晶。

写书于我而言，也是如此。

四、改变

电影里没有出现那只叫“冠军”的狗，也没有提到任何“神秘小便”乐队的事。“我不能把这些情节改编进去。”罗伯告诉我，我也能理解。

关于把小说改编成电影，我所认为的最好的练习就是你自己试着去写改编的剧本。你必须遵守剧本写作的格式，以及它所给定的限制和约束，这样，在评论电影之前，你对于电影改编的理解会让你思考再三。

通常来说，电影的容量无法容纳全部的小说元素，所以这就是为什么你还需要去阅读原著。

相反，有时候电影还会增加一些场景、线索和剧情，这会让你很奇怪，他们为什么要这么做呢？

在电影《怦然心动》中，增添了一些辱骂以及吓人的耳光，如果说电影的目的是要抓住原著的精髓，为什么要增加这些呢？因为一部关于青少年的大众级电影票房会很惨淡——青少年不会去看的，所以增添这些内容会将其划分到辅导级，这才是他们的目的。

电影中的另一个改编是朱莉的那位需要特殊关照的叔叔的名字。为什么要把他的名字从戴维改成丹尼尔呢？

显然，在拍摄电影的过程中，名字都必须明确不负法律责任之后才能使用，所以如果某个角色的名字会引起潜在的非议和冲突的话（比方说，有个和故事中同名的人也同样生活在这个小镇），电影制作方就会替换角色的名字以避免法律上的麻烦。正因为这样，戴维·贝克在电影里成了丹尼尔·贝克。

正因如此，我们还需要排查城市公园里那棵无花果树周围的住户。世界上有很多无花果树可以被选中，但偏偏这棵树对于一个住在公园附近的孤僻男孩却意义非凡。多年以来，他很喜欢爬这棵树，就像小说里朱莉做的那样。他将自己的内心心声写在树枝上："我爱这棵树，这棵树也爱我。"我独自爬上这棵树看到了这些话，这种隐秘的联系让我觉得太难以置信了。

随后我去找这个男孩的名字。这个世界上明明有那么多名字可以选择，但偏偏这个喜欢无花果树、需要特殊关怀的男孩的名字就叫——丹尼尔。

我感到了宇宙间冥冥中的一种力量。

——关于这本书

一、我为什么写《怦然心动》

激励我写《怦然心动》的原因来自好几方面，但最主要的还是来自我班上的学生。我是一所高中的老师，我看到我的学生们因为一些肤浅的原因而爱上某些人，这让我意识到他们这个年纪的人都还太肤浅了。我花了很久才学会要“看到一个人外表下的内心”这个道理，作为一名老师，我希望能将这来之不易的智慧箴言传授给学生。当然了，你还年轻，当你陷入爱情的时候，自然是不会理会来自大人们的肺腑之言的。

任何大人都不会理会。

我希望在我成长的时候可以读到像《怦然心动》这样的书，我觉得它可以帮助我们更好地看清事物。为了这部小说的结构，我深思熟虑了很久，忽然某一天，我灵感一现。

这个想法太让我兴奋了，我甚至做了一件任何时候我都不会做的事情——打电话给我的编辑。

“我想到啦！”我叫了出来。

跟我合作以来，她已经知道我说这四个字就意味着麻烦，所以那时她对一切都还毫不知情。

“所以呢？”她问。

我的嘴就开始滔滔不绝地讲起来，一口气阐释了这部浪漫喜剧的一个拍案叫绝的写作方式，那就是通过两种口吻来叙述，一个是男孩的口吻，另一个是女孩的口吻。他们会讲出他们自己的故事，每一个口吻交错往复，所以你在阅读的时候，会在两个人的视角间跳来跳去，相互转换。在这个故事中，女孩对男孩怦然心动，但男孩却很讨厌女孩。但之后一切都颠倒了，男孩对女孩怦然心动，但那个时候女孩——

“文德琳，文德琳！”她笑着说，“给我一份提纲。”

一份提纲？

我还从来没写过提纲，我甚至都不知道怎么写，因为我都是直接开始写书。但现在我也是专业作家了，因为我都已经出版过六本书了，我应该表现得像个专业作家，写一份提纲。

“好的。”我告诉她，“我会给你写一份提纲。”

我试了，真的，我试了！

但是写提纲实在太枯燥乏味了，太机械化了。

随后一个颠覆性的想法出现在我的脑海中：或者我可以先写几章呢？我的编辑能看出我的意图的。

所以我开始写了，我写了一章关于朱莉的，又写了一章关于布莱斯的。

再写一点点，我想。

于是我接着写。编辑给我打电话时，我仍旧沉浸在朱莉的那一章中，无花果树被砍倒了，泪水在我眼里打转。

“你还好吗？”我还在抽噎着，她这样问我。

我几乎崩溃了，喋喋不休，说了一堆语无伦次的话，她听完以后说：“我记得你说过，这是一部喜剧呀！”

“它是！”我放声大叫，“但现在，它太让人心碎了。”

这就是我写作的方式，太让人精疲力竭了，即便是在写作有趣的段落，也必须耗尽心力。我蜷缩在地上，放纵大笑，然后眼泪在我脸上漫延。“冠军”死了！我讨厌作者杀死了这只狗，我想成为这样的作者吗？不！

但是……

拜托，如果你也垂垂老矣，大限将至，离别是必然的！

所以现在，你看到我是怎样写作的，这有点吓人，真的，写作的时候最好把我锁在房间里，因为那时候我是失控的。

除非我是在写提纲，那时候我就是一具僵尸。

最终，我激动地写完了整本书，并让它自己尽情表达，而我的编辑对这个故事也很兴奋。

我们的希望是：“让读者能通过双方的视角看待事物并且思考。如果我们不将两种视角交错在一起，或许读者就会只看完一半，然后自以为读完了整个故事。只有当读完两边的视角之后，这次阅读才是有用的。”

在现实生活中，这同样也是真实的，而且是非常明智的。

二、变得更有同理心

扮演成布莱斯·罗斯基有点奇怪，或许是因为每当我沉浸在故事中时，认为事情就是非黑即白的——朱莉都是对的，布莱斯都是错的。

持有这种观点，可能是因为当我还是个孩子的时候，我很迷恋一个男孩，但他并不喜欢我，这对我而言是沉重的打击！所以，我能真实地感觉到朱莉的感受，并且想让她把话都说出来。

但是，布莱斯接着开始说话了，于是我看到了：

朱莉有点……讨厌。

忽然，我年少时候的一些举动的残酷记忆也变得清晰明了了——我也曾有点讨厌过！

先停在这里，让我先发表一下声明：我从来、从来、从来没有闻过男孩的头发。

我追过他，还想要亲吻他，是的，不过闻他呢？从来没有！

在小说中间的部分，我不得不承认，朱莉·贝克也没看到布莱斯·罗斯基外表下的内心深处，这是错误的。随着布莱斯逐渐坦承心迹，我预想中的结尾发生了变化，事情不再是非黑即白的了，布莱斯改过自新。

通过两个敏感的角色的口吻进行写作，这是一段非同寻常的经历。在一部标准的小说中，你只能窥探一个主要人物的内心世界（或者在多重视角的书当中，有很多人物在发声，所以可能谁的内心世界你都无法窥探）。而在这本书中，却有着两种同样引人瞩目的声音，讲述着他们自己的观点以及前因后果，这会引起读者情感上的困惑。

随着小说角色的成长，我觉得自己的视野也开阔了很多。

我觉得自己改变了。

我和布莱斯以及朱莉在一起，学到的事情从来就不是非黑即白的。如果我们也能真正看到另一个人所看到的，理解他们自己的缘由以及为什么做出这种反应，我们就会发现自己身处在一个更好的地方。

一个平静的地方。

三、告白

看到像这样的信之后：

我刚刚读完你的那部叫《怦然心动》的书，我太喜欢啦！我喜欢里面的每一个字！但我不喜欢这个结尾，我真的很想看到布莱斯和朱莉亲吻！我真的很想看到后续是怎样的！求求你，如果你真的很呵护你的书迷，你一定要写续集啊！……求求求求求求（加一百万个求求）求求你，写续集吧！

最后我说：“你想要亲吻？好的，我给你一个亲吻！”

我给的当然不是《怦然心动》的续集，虽然这是所有写信来的《怦然心动》的书迷的渴求。我给的是一个叫《亲吻者的告白》的浪漫喜剧小说，讲述了一个女孩寻找一个完美之吻的故事，一个能让人卑躬屈膝、内心融化，一个让地球震颤的吻。

这部小说看上去似乎挺空洞的，故事的前情也挺牵强，但是就像《怦然心动》一样，《亲吻者的告白》富含很多表面之下的内容。这部小说很幽默，里面充斥着亲吻，但是这个故事内核却是要让你知道你自己是谁，在他人身上寻求满足感之前，看看什么才是最重要的。真的，如果我们只是从他人身上寻求幸福而不是从自身寻求的话，真正的爱将会远离我们。

为了来点乐趣，这里放上《亲吻者的告白》的部分片段。我们选取的这段讲述了我们十六岁的女英雄伊万杰琳·洛根找到了她妈妈写完后藏起来的爱情小说。为了取笑妈妈，她开始读起来：

我不知道时间是如何流逝的，我被故事牵引着，在浪漫、心跳、希冀以及爱的旋涡中沉沦，这些，都是我在现实生活中错过的东西。在看到我父母婚姻破裂的六个月后，我发现我再也不相信真爱了。

但是，在这本书的纸页上，我父母的问题消失了，只有黛丽拉和她的英雄格雷森，这个男人的吻，能让她从心痛中解放出来，让她感受到自己还活着。

爱是可能存在的。

一个吻——一个真正的吻——可以战胜一切。

这个吻能战胜一切吗？

我希望你能享受这段寻找答案的阅读之旅！

最后，感谢你阅读了《怦然心动》以及这些其余的故事和思考。希望你能感恩自然，还有你的邻居；希望初升的太阳所绽放的光芒能穿透乌云笼罩着你；更重要的，希望你能找到那份闪耀的爱。

图书在版编目（CIP）数据

怦然心动：精装纪念版 / (美) 文德琳·范·德拉安南著；陈常歌译. -- 2版. -- 北京：北京联合出版公司, 2021.11（2023.3重印）
ISBN 978-7-5596-4454-1

Ⅰ. ①怦… Ⅱ. ①文… ②陈… Ⅲ. ①长篇小说－美国－现代 Ⅳ. ①I712.45

中国版本图书馆CIP数据核字(2021)第146718号

北京市版权局著作权合同登记 图字：01-2021-5445

怦然心动：精装纪念版

作　　者：（美）文德琳·范·德拉安南
译　　者：陈常歌
出 品 人：赵红仕
责任编辑：牛炜征

北京联合出版公司出版
（北京市西城区德外大街83号楼9层　100088）
河北鹏润印刷有限公司印刷　新华书店经销
字数186千字　880毫米×1230毫米　1/32　印张8.5
2021年11月第1版　2023年3月第6次印刷
ISBN 978-7-5596-4454-1
定价：52.80元